Simon de Waal
Todesgracht



PIPER

Zu diesem Buch

Als in einer trüben Amsterdamer Nacht die Leiche eines verwahrlosten Mannes aus einer Gracht gefischt wird, scheint der Hergang des Vorfalls auf der Hand zu liegen: der stark alkoholisierte Obdachlose ist beim Pinkeln ins Wasser gestürzt und ertrunken. Ein Unfall also. Boks und seine Kollegen ermitteln in der Umgebung und kommen zu dem Schluss, dass es sich bei der Leiche um den Stadtstreicher Robert van Klaveren handeln muss. Überraschenderweise spuckt jedoch der Polizeicomputer ein anderes Gesicht aus, als er mit diesem Namen gefüttert wird. Boks steht vor einem Rätsel. Hat sich der bärtige Obdachlose eine falsche Identität zugelegt? Oder wer ist der Mann auf dem Foto mit dem starren, eisblauen Blick und dem seltsamen, unnatürlich straffen Gesicht?

*Simon de Waal*, geboren 1961, ermittelt seit zwanzig Jahren in der Abteilung Schwerverbrechen bei der Amsterdamer Kriminalpolizei. 1991 begann er zu schreiben und ist inzwischen der erfolgreichste Drehbuchautor der Niederlande. Seine Bücher wurden bereits für mehrere Literaturpreise nominiert und die Krimiserie um Martin Boks fürs Fernsehen verfilmt. Bei Piper erschien nach »Keine Leiche in Amsterdam« zuletzt »Todesgracht«.

Simon de Waal

# Todesgracht

Ein Fall für Martin Boks

Aus dem Niederländischen von
Thomas Hauth

Piper München Zürich

*Mehr über unsere Autoren und Bücher:*
*www.piper.de*

Von Simon de Waal liegen bei Piper vor:
Keine Leiche in Amsterdam
Todesgracht

FSC
**Mix**
Produktgruppe aus vorbildlich bewirtschafteten Wäldern und anderen kontrollierten Herkünften
www.fsc.org Zert.-Nr. GFA-COC-001223
© 1996 Forest Stewardship Council

Deutsche Erstausgabe
November 2010

Titel der niederländischen Originalausgabe:
»Boks & het verkeerde lijk«, Rothschild & Bach, Amsterdam

Umschlag: semper smile, München
Umschlagmotiv: Frans Lemmens / Getty Images / The Image Bank
Autorenfoto: Michiel van Nieuwkerk
Satz: Kösel, Krugzell
Papier: Munken Print von Arctic Paper Munkedals AB, Schweden
Druck und Bindung: CPI – Clausen & Bosse, Leck
Printed in Germany ISBN 978-3-492-25986-6

# 1

Unsichtbar trieb sie unter der Wasseroberfläche langsam in Richtung Rotlichtviertel. Erst als ein Boot der Stadtverwaltung durch den Oudezijds Kolk fuhr und der Kopf der Leiche kurz auftauchte, nur um gleich wieder wie in Zeitlupe unterzugehen, fing jemand am Ufer an zu schreien.

Der Schiffer blickte zu den betrunkenen englischen Touristen hinüber, die gestikulierend am Ufer standen. Irgendwie war ihm sofort klar, dass das kein Scherz war, und er ahnte, warum sie so laut schrien. Schon seit Jahren fischte er Fahrradwracks und anderes Gerümpel aus den Grachten. Das war nicht der erste Tote, dem er dabei begegnete. Es war noch nicht einmal der seltsamste Fund, den er jemals gemacht hatte. Das war mit großem Abstand der Rollstuhlfahrer gewesen, den er in der Herengracht samt seinem Gefährt aus dem Wasser gehievt hatte. Der Schiffer brachte sein Boot mitten im Oudezijds Kolk, in Höhe der Rückseite der Sint Nicolaaskerk, zum Stehen. Er nahm den langen Stock mit dem großen Haken, mit dem er sonst herumtreibende Müllsäcke aus den Grachten angelte, und bohrte ihn durch die Kleidung des im Wasser dümpelnden Leichnams. Langsam zog er den Toten zu sich heran und befestigte den Stock mit einer Leine an seinem Boot. Anschließend nahm er sein Handy und wählte 112.

Kommissar Martin Boks starrte in die rotierende Trommel der Waschmaschine. Micky hatte ihm zu Hause wieder einmal einen Stapel sauberer Wäsche in den Kleiderschrank gelegt, als Dankeschön dafür, dass Boks ihr ein Zimmer überlassen hatte. Als er heute Nacht nach Hause gekommen war, hatte er den Stapel gleich wieder herausgenommen und war durch das nächtliche Jordaanviertel zum Snacksalon seines Freundes Mohammed getrottet. Mohammed hatte ihm die Tasche lächelnd abgenommen und die Wäsche in die Maschine gesteckt. Vor Boks' Augen wirbelten nun seine Hemden und T-Shirts in der Maschine umher. Nach einer halben Stunde verwandelten sich die flatternden Ärmel langsam in wogende tropische Palmen; das schäumende Wasser in der Maschine sah aus wie träge blaue Wellen, die sich an einem schneeweißen Strand brachen. Mohammed machte für zwei Kunden eine Portion Fritten mit Mayonnaise fertig und warf dem vor sich hin dösenden Boks einen Blick zu. Er lächelte. Da klingelte Boks' Handy.

Der Oudezijds Kolk, einer der wenigen Orte in Amsterdam, wo die Häuser an einer Seite der Gracht direkt im Wasser stehen, war von der Polizei komplett abgesperrt worden. Obwohl es mitten in der Nacht und ziemlich kalt war, hatten sich bereits Dutzende von Gaffern am rotweiß gestreiften Absperrband in der Nähe des Zeedijk und der Geldersekade versammelt. Ein Boot der Wasserschutzpolizei lag neben dem Boot der Gemeindeverwaltung. Der Beamte der Wasserschutzpolizei hatte den Stock mit dem Haken entgegengenommen und schob nun eine Tragbahre darunter, um damit den Leichnam aus dem Wasser zu hieven. Die betrunkenen Engländer, die sich im »Molly Malone«, einem Irish Pub, hatten volllaufen lassen, wurden vernommen.

Boks' alter Mercedes hielt auf der Kolkswaterkering, der Brücke am Schnittpunkt von Geldersekade und Oudezijds Kolk. Da jeder Amsterdamer Polizist Boks' Wagen mittlerweile kannte, wurde das rot-weiße Band sofort angehoben, um ihn durchzulassen.

»Sie sind aber schnell«, sagte Willem Jongbloed, ein junger Polizist, der gern bei der Kriminalpolizei gearbeitet hätte.

»Ich war ganz in der Nähe«, sagte Boks gähnend.

Der Schiffer des Polizeibootes wusste, dass Ermittlungsbeamte gern dabei sind, wenn eine Leiche aus dem Wasser gezogen wird. Er winkte Boks zu, der einen kleinen Umweg über den Zeedijk machen musste, um das Boot über eine Treppe und einen Landungssteg betreten zu können. Achtern war ein großes weißes Laken ausgebreitet worden, in das der Leichnam eingewickelt werden konnte.

Der Schiffer piekste kurz in den toten Körper. »Sieht frisch aus.«

»Zum Glück«, sagte Boks, der keine Lust auf die Unannehmlichkeiten hatte, die sich unausweichlich einstellten, wenn ein Körper zu lange im Wasser gelegen hatte.

Vom Ufer aus ließ ein Blitzlicht das Boot aufleuchten. Ärgerlich drehte Boks sich um und schaute in das lachende Gesicht von Laurens, der die Hände mit dem Fotoapparat sinken ließ.

»Die Dienstposten der Fotografen werden nicht nachbesetzt«, rief dieser. »Jetzt muss ich das auch noch selber machen.«

Laurens trug eine knallgelbe Jacke zu einer fluoreszierenden grünen Hose. Er ging den Zeedijk entlang, die erstaunten Blicke einiger Junkies im Rücken. Obwohl es mitten in der Nacht war, trug er wie immer seine Sonnenbrille mit den verspiegelten Gläsern auf den Kopf zurückgeschoben.

»Darf ich?«, fragte Laurens und hob den Koffer, der neben ihm stand, vielsagend in die Höhe. Nachdem ihm der Schiffer des Polizeibootes den Koffer abgenommen hatte, sprang Laurens an Bord und stellte sich grinsend neben Boks. »Hat man dich auch angerufen?«

Boks musterte Laurens von Kopf bis Fuß und sagte kein Wort.

»Was denn? Was ist denn jetzt schon wieder?«

»Ich hab doch nichts gesagt«, sagte Boks.

»Nein, aber du hast geschaut.«

»Ich schaue immer. Das ist meine Arbeit. Beobachten«, sagte Boks lächelnd. »Brauchst du das Ding da nachts manchmal?«, fragte er und zeigte auf die Sonnenbrille.

Laurens tastete nach seinem Kopf. »Ach, die. Na klar, ich habe schon mal durchgearbeitet, bis die Sonne aufging. Dann ist sie wirklich praktisch. Außerdem würde es dich wundern, wie ruhig man arbeiten kann, wenn man das Ding im Dunkeln trägt.«

»Wollen wir?«, fragte der Schiffer, der den Leichnam an den Bootsrand herangezogen hatte, damit die Schaulustigen so wenig wie möglich zu sehen bekamen.

Nachdem er geschickt ein Netz unter dem Körper hindurchgezogen hatte, hoben ihn die drei gemeinsam bis knapp über die Wasseroberfläche. Der Schiffer legte das weiße Laken darüber, bevor der Leichnam aufs Boot gezogen wurde.

Manche Schaulustige reagierten verärgert. »He! Ist das alles? Und darauf haben wir die ganze Zeit gewartet?«

Boks schaute verwundert hinüber zu der Brücke über den Zeedijk. Die Menschen wurden immer schlimmer.

Beim nächsten Mal würde er die Umgebung weiträumig absperren lassen, damit keiner etwas erkennen konnte.

Auch dem Schiffer reichte es nun. »Kommen Sie«, sagte er. »Den Rest erledigen wir in aller Ruhe.«

Boks nickte. Langsam fuhr das Boot zur Wache der Wasserschutzpolizei am Westerdoksdijk. Boks betrachtete die Grachten, durch die sie glitten. Amsterdam war schön – und wirkte nachts vom Wasser aus betrachtet so ganz anders.

»Ein Unfall«, sagte der Schiffer.

»Wie bitte?« Boks fuhr aus seinen Gedanken hoch.

»Es war bestimmt ein Unfall. Sein Hosenstall ist geöffnet, er ist wahrscheinlich beim Pinkeln ins Wasser gefallen.«

Boks nickte; das war ihm auch aufgefallen. So etwas kam häufiger vor: Jemand stellt sich an eine Gracht, pinkelt ins Wasser und verliert dabei das Gleichgewicht. Oft war derjenige betrunken – zu betrunken, um richtig schwimmen zu können, und auf jeden Fall zu betrunken, um sich an der steilen Grachtmauer aus dem Wasser zu ziehen.

Vorsichtig legte der Schiffer vor der Wache an. Das Gesundheitsamt war informiert worden und hatte einen Leichenwagen geschickt, der sie erwartete. Laurens näherte sich mit seinem vollgeladenen Kleinlaster.

Dann erst zog Boks zum ersten Mal das Laken über der Leiche zur Seite. Er schaute in das Gesicht eines Mannes, der etwa Mitte dreißig war. Weiß, ungepflegt. Lange Haare, schmuddelige Kleidung, Hosenstall geöffnet. Dem ersten Eindruck nach handelte es sich um einen der vielen Obdachlosen aus der Innenstadt. Boks war sich nicht sicher, ob er ihn kannte.

Laurens schien seine Gedanken zu lesen. »Kennst du ihn? Sieht aus wie ein Stadtstreicher.«

Boks nickte. Behutsam streifte er sich Einweghandschuhe über und tastete die Kleidung des Mannes ab, um herauszufinden, ob etwas in dessen Taschen steckte.

»Sei lieber vorsichtig, möglicherweise hat er Spritzen in der Jacke«, sagte Laurens. Er hatte recht, das wusste Boks. Es war besser, den Mann im Leichenschauhaus zu untersuchen, wohin der Leichnam gebracht werden sollte.

Als das Boot ganz ruhig lag, sprangen die Männer vom Gesundheitsamt an Bord und betteten die Leiche auf eine Trage. Boks blickte ihnen hinterher, während sie in Richtung Leichenhalle davonfuhren.

Boks lenkte seinen alten Mercedes langsam durch das nächtliche Amsterdam. Er hatte keine Eile, jetzt nicht.

Die ersten Stunden, ja die ersten Minuten nach der Entdeckung eines Verbrechens waren normalerweise von großer Bedeutung. In diesen Minuten waren die Spuren noch brauchbar und die Erinnerungen der Zeugen noch frisch. Außerdem war die Wahrscheinlichkeit, dass der Täter einen Fehler beging, unmittelbar nach dem Verüben der Straftat am größten.

Nun zählten diese Minuten allerdings nicht. Der Leichnam, der sich auf dem Weg in die Leichenhalle befand, hatte offenkundig noch nicht sehr lange im Wasser gelegen. Außerdem war keineswegs sicher, wo der Mann ins Wasser gefallen war. Diese vorläufig noch unbekannte Stelle war der eigentliche Tatort.

Boks ließ den alten Mercedes vor der roten Ampel an der Raadhuisstraat langsam ausrollen und spielte in Gedanken alle Möglichkeiten durch. Jemand, der am Ertrinken ist, kann von der Kälte übermannt werden oder an den hohen Kaimauern scheitern. Boks wusste, dass es nahezu unmöglich ist, sich selbst zu ertränken, außer wenn man sich einen Betonklotz an die Füße bindet. Der unbewusste Überlebenswille ist so stark ausgeprägt, dass man immer nach oben zu kommen versucht.

Das Opfer konnte allerdings auch ins Wasser geworfen worden sein oder war vielleicht bereits tot gewesen, als es im Wasser landete.

Die Stelle, wo der Mann im Wasser gelandet war, war folglich wichtig. Dort ließen sich möglicherweise Spuren und Zeugen finden. Die große Frage lautete nur, wo? Die Leiche hatte im Wasser getrieben, und in Amsterdam stand das Wasser nicht still. Hinter Boks wurde gehupt. Er schaute auf, sah, dass die Ampel grün war, hob die Hand und fuhr weiter, in Richtung Rozengracht.

Die Uniklinik war jetzt, mitten in der Nacht in einem Amsterdamer Außenbezirk, von Stille umgeben – ein großes Gebäude neben dem Autobahnring, das in das grellgelbe Licht der Straßenlaternen getaucht war. Ein Notarztwagen überholte Boks langsam, ohne Martinshorn, aber mit Blaulicht. Der Fahrer bog gewandt in die Einfahrt zur Notaufnahme. Boks fuhr weiter in die Seitenstraße neben der Uniklinik, wo er die steile Rampe zum Eingang der Leichenhalle im Keller des Gebäudes hinabrollte.

Er dachte an die Tage, an denen er hier gewesen war und Worte des Trostes hatte spenden müssen. Es war ein Ort der unterschiedlichsten Emotionen. Er hatte wütende Menschen gesehen, untröstliche, in sich gekehrte ... Man wusste vorher nie, wie andere auf den Ort reagieren würden, an dem ihre verstorbenen Angehörigen oder Freunde lagen.

In der Leichenhalle fanden auch die »Konfrontationen« statt. Häufig kam es vor, dass die Hinterbliebenen einen Verstorbenen identifizieren mussten. Boks war immer auf alles vorbereitet, konnte aber nie einschätzen, wie eine Konfrontation verlaufen würde.

Er ging hinein. Dezente Vorhänge und Bleiglasfenster dominierten den ernsten Raum, in dem die Hinterbliebenen warten konnten. Völlig im Widerspruch zu der hier herrschenden Atmosphäre hörte Boks das Brodeln einer Kaffeemaschine und eine gut gelaunte Bassstimme.

»Hallo, Boks!« Mit einem breiten Lächeln trat Dr. Spalburg, der baumlange Leichenbeschauer surinamischer Abstammung, aus dem Zimmer des Verwalters der Leichenhalle. Er schüttelte Boks die Hand. »Kaffee? Kekse?«

»Gern«, sagte Boks und betrat das Büro von Frederik, dem Mann, der für alles, was sich in der Leichenhalle abspielte, die Verantwortung trug. Der Raum war richtig gemütlich, im Gegensatz zu der erhabenen und sterilen Ruhe, die das restliche Gebäude erfüllte; Frederik war davon überzeugt, dass man einen Ausgleich für all die tristen Dinge brauchte, die in der Leichenhalle stattfanden. Hier stand eine altmodisch brodelnde Kaffeemaschine, und die Wände waren übersät mit Ansichtskarten, alten

Weihnachtsgrußkarten und Fotos. Hier konnte man für sich sein und sich aufwärmen, bevor man der kalten Wirklichkeit des Todes entgegentrat.

Dr. Spalburg, der ebenfalls ständig in der Leichenhalle ein und aus ging, schenkte Kaffee ein. »Und? Was ist es?«, fragte er, während er eine leere Tasse einladend in die Höhe hielt.

»Ja, gern ... Es ist eine Treibleiche«, sagte Boks.

»Klar, so nennt ihr das, stimmt ja.« Der Leichenbeschauer lächelte. »Na, dann wollen wir mal.« Zunächst aber setzte er sich auf einen unbequemen Stuhl und machte keine Anstalten, sich wieder zu erheben. »Verwundungen? Todesursache? Hast du schon eine Vermutung?«

»Im Moment nicht«, sagte Boks.

Dr. Spalburg setzte sich ein wenig bequemer hin. »Tod durch Ertrinken – wenn es das wirklich war – ist immer ein Problem.«

Boks nickte zustimmend. Vor Kurzem hatte er Willem noch erklärt, dass ein Leichenbeschauer eigentlich nur offiziell den Tod feststellen darf und erklären muss, ob es sich um eine natürliche Todesursache handelt oder nicht. In den meisten Fällen ist das sofort zu erkennen – wer erschossen worden ist, ist keines natürlichen Todes gestorben. Wer ertrunken ist, auch nicht. Der wichtigste Punkt bei den Ermittlungen sind die Todesumstände: Unfall oder Absicht? Nicht jeder unnatürliche Tod bedeutet, dass ein Verbrechen vorliegt. Boks dachte an den vom Pech verfolgten Mann, der vor drei Wochen auf der Straße gestolpert war und sich dabei das Genick gebrochen hatte. Auch das war offiziell ein unnatürlicher Tod, aber kein Verbrechen.

»Weißt du schon, wie das Opfer heißt?«, fragte Dr. Spalburg, der sein Notizbuch gezückt hatte, um den Eindruck zu erwecken, etwas zu tun.

Boks schüttelte den Kopf.

»Dann schauen wir ihn uns doch mal an.« Seufzend schlug der Leichenbeschauer das Notizbuch zu und schraubte seinen langen Körper aus dem Stuhl hoch. Es fiel ihm schwer, die warme Geborgenheit des Zimmers zu verlassen und die kühle Leichenhalle zu betreten.

Der Körper des toten Mannes lag auf einem Tisch aus rostfreiem Stahl. Frederik ging um den Tisch herum. Er pflegte seine Leichen mit viel Respekt zu behandeln. »Guten Tag, Herr Kommissar, Dr. Spalburg«, sagte er mit einem freundlichen Nicken.

Boks' Blick glitt über die Türen der Kühlzellen an der Seite. Die Pappschilder an den Türen enthielten Informationen zu den Personen, die darin lagen. An den meisten Türen befand sich ein Zettel mit einem wie beiläufig hingekritzelten Namen und einer Protokollnummer der Polizei. Doch hinter jeder Tür und jedem Zettel verbarg sich eine ganze Welt. Boks las einen Namen und versuchte sich vorzustellen, wer in der betreffenden Kühlzelle liegen mochte – und warum. Boks' Gedanken schweiften ab, hin zu den Opfern, die sich ihm am nachhaltigsten eingeprägt hatten, wie …

»Herr Boks?«

»Hm?« Boks schaute Frederik an.

»Haben Sie gehört, was ich Sie gefragt habe?«

»Nein.«

Frederik schaute kopfschüttelnd zu Dr. Spalburg, der nur mit den Schultern zuckte. Sie kannten Boks schon seit Langem und wussten, dass er mit seinen Gedanken manchmal ganz woanders war.

»Ich habe gefragt, ob Laurens noch kommt, wegen der Sachen«, sagte Frederik.

Als hätte er nur auf sein Stichwort gewartet, öffnete sich die Tür, und Laurens trat ein.

»Is was?«, fragte er, als er in die überraschten Gesichter schaute.

Laurens fotografierte den Leichnam von allen Seiten. Er ließ kein Detail aus, da man nie wusste, wofür man es später noch gebrauchen konnte. Mit einer alten Polaroidkamera machte er ein Foto vom Gesicht des Opfers und reichte es Boks.

»Hier, für deine ersten Ermittlungen. Die digitalen Fotos kriegst du morgen.«

»Danke«, sagte Boks und steckte die Aufnahme in seine Jackentasche.

Gewissenhaft schlüpfte Laurens in seinen Overall und streifte Einweghandschuhe über. Langsam entkleidete er das Opfer, wobei er darauf achtete, dass jedes Kleidungsstück einzeln eingepackt wurde, um auszuschließen, dass sich eventuelle Spuren vermischten. Boks und Dr. Spalburg schauten aus einiger Entfernung zu. Am Ende lag ein nackter Weißer auf dem Tisch. Laurens sicherte noch ein paar letzte Spuren und machte einige abschließende Bilder.

»Keine einfache Sache, jemand, der im Wasser gelegen hat …«, murmelte er.

Boks nickte. Wasser löscht viele Spuren aus. »Das stimmt. Außerdem ist er genauso schmutzig wie seine Sachen.«

Es stand nun praktisch fest, dass der Mann ein Obdachloser gewesen war.

Boks stellte sich neben den Leichnam. Er schaute langsam in das Gesicht des Mannes. Eines Mannes, der nicht alt war, aber viel durchgemacht hatte. Eines Mannes, der auf der Straße gelebt hatte.

Der Leichenbeschauer musterte den Leichnam von Kopf bis Fuß und drehte ihn dann mit Frederiks Hilfe um.

»Keine Stichwunden, keine Schusswunden ... Auch keine Blutergüsse«, murmelte er. »Mehr kann ich auch nicht sagen, Boks.« Er machte zwei Schritte nach hinten und blieb, eine Hand unter dem Kinn, stehen. »Nein, tut mir leid. Er ist tot, und ich empfehle eine Obduktion. Vielleicht kann der Pathologe die Todesursache feststellen. Meine vorläufige Diagnose lautet: Tod durch Ertrinken. Ich fülle drüben schon mal meinen Artikel-10-Vordruck aus, in Ordnung?«

Dr. Spalburg verließ den Raum. Boks blieb neben dem Leichnam stehen. Er schaute den Mann an, sein verwittertes Gesicht, sein ungepflegtes Äußeres. »Das war kein Unfall ...«, sagte er leise.

Er drehte sich um und ging hinaus.

## 3

Der alte Mercedes bog qualmend in die Lijnbaansgracht. Wie immer parkte Boks auf dem für Kommissar Schneider reservierten Platz auf der Anlegeplattform vor der Polizeiwache Lijnbaansgracht.

Auf der Straße war es still, und in der Wache brannte nur im Erdgeschoss Licht. Die wenigen Kollegen vom Nachtdienst wachten über die Innenstadt.

»Hallo, Boks!«, grüßte ihn der Wachhabende.

»Moin.«

»Schon was rausgekriegt wegen der Leiche?«

»Kennst du ihn?« Boks reichte dem Wachhabenden van Baaijen, einem gutmütigen, erfahrenen Beamten, das Polaroidfoto.

»Na klar.« Nachdenklich betrachtete van Baaijen das Foto. »Jungs, wie hieß der noch?«

Die anderen Beamten warfen ebenfalls einen Blick auf das Foto; obwohl die meisten den Mann vom Sehen kannten, kam niemand auf den Namen.

»Floris?«

»Theo?«

»Klaas, oder?«

»Das bringt mich auch nicht weiter.« Boks seufzte und ging nach oben. Am Aufzug drehte er sich um. »Oder vielleicht doch: War er Alkoholiker?«

Dazu konnten die Kollegen schon mehr sagen. Sie hatten ihn als Stadtstreicher kennengelernt, als einen Eigenbrötler, der nichts mit der Welt zu tun haben wollte, aber nicht als umhertaumelnden Säufer.

»Und warum kann es kein Unfall gewesen sein?«, fragte Schneider, während er sich auf Boks' Schreibtischkante setzte.

»Weil er ein Stadtstreicher war. Und die Stadt kannte wie kein anderer. Ein Mann, der auf der Straße gegessen, getrunken und gelebt hat. Ich kenne viele Obdachlose, die ungepflegt sind, die aber nie in eine Gracht pinkeln würden. Und wenn, dann würden sie dabei nicht ins Wasser fallen.« Boks lehnte sich zurück, bis er mit dem Kopf die Palmen an der Wand hinter sich berührte.

»Klingt überzeugend. Aber wenn er betrunken gewesen wäre?«

»Er sah nicht betrunken aus«, sagte Boks. »Außerdem meinen die Kollegen unten, er sei kein Säufer gewesen.«

»›Er sah nicht betrunken aus‹ … Hast du das etwa studiert? Höhere Obdachlosenwissenschaften?« Schneider stellte sich ans Fenster und blickte hinaus auf die Lijnbaansgracht. Es wurde langsam hell, und die ersten Lichter hinter den Vorhängen wurden eingeschaltet. Das Leben in der Stadt begann. »Sie werden wach. Ein neuer Tag in einer hektischen Stadt«, murmelte Schneider.

»Sag mal, was machst du hier eigentlich? Es ist noch …« Boks schaute auf seine Armbanduhr und schüttelte sie.

»Is was?«, fragte Schneider.

»Läuft nicht mehr, das blöde Ding. Jedenfalls ist es mitten in der Nacht. Ich dachte, ich wäre der Einzige, der nicht schlafen kann.«

»Es ist nicht mitten in der Nacht, sondern früh am Morgen, und ich war wach. Na und? Außerdem, was geht dich das an? Ich bin hier der Boss.«

Boks seufzte. Es hatte keinen Sinn, mit Schneider zu streiten.

»Wenn du Grund zu der Annahme hast, dass etwas nicht stimmt, musst du was tun. Dann hast du nämlich einen Fall.«

»Ich hätte lieber erst einen Namen.«

»Hast du dann nichts Besseres zu tun, als den Leuten den Kopf zuzuquatschen? Mach dich an die Arbeit«, brummte Schneider und ging hinaus. Boks musste lächeln und schaute wieder vergeblich auf seine Armbanduhr.

Laurens stellte seinen Kleinlaster im Hof der Spurensicherung ab, einem prachtvollen alten Gebäude an der

Sarphatistraat in der Reihe der napoleonischen Kasernen. Oben befand sich das Labor, das Reich von Laurens und seinen Kollegen.

Er klemmte sich die Kleidungsstücke des Opfers unter den Arm und stieg in den Aufzug. Der Leichnam war mittlerweile in den Kühlraum der Leichenhalle gebracht worden, wo er obduziert werden sollte.

Oben war es still. Auch die Beamten von der Spurensicherung arbeiteten im Bereitschaftsdienst und wurden telefonisch aus dem Bett geholt, wenn ein schweres Verbrechen verübt worden war.

Laurens schaltete die nüchternen Leuchtstoffröhren ein, sodass das Labor erwachte – ein langer Gang mit Untersuchungsräumen auf beiden Seiten, wobei jeder Raum einer anderen Fachrichtung gewidmet war: DNA-Entnahme, Fingerabdrücke, Waffenuntersuchung.

Er gab die Fingerabdrücke, die er dem Opfer abgenommen hatte, in den Computer ein. Unmittelbar darauf wurde die gesamte Datenbank durchsucht. Pro Minute wurden Dutzende von Fingerabdrücken mit ihrer einzigartigen Linienführung in den Fingerspitzen abgeglichen. Laurens wusste, dass das System noch eine Weile brauchen würde. Außerdem hatte es nicht viel zu bedeuten, wenn beim Datenabgleich nichts herauskam. Computer können sich irren – nicht, weil sie selbst Fehler machen, sondern weil die gespeicherten Fingerabdrücke Abweichungen enthalten können, aufgrund derer die Übereinstimmungen nicht gefunden werden.

Laurens breitete die Kleidungsstücke auf einem großen, hell ausgeleuchteten Tisch aus und kontrollierte behutsam, ob sich etwas in den Taschen befand. Zu seinem Erstaunen zog er aus der rechten Hosentasche ein kleines Schlüsselbund heraus; einer der Schlüssel war ein in einen roten Plastikkranz eingefasster Haustürschlüssel. In der linken Hosentasche steckten einige Münzen und ein Fünfeuroschein.

Mit einer blauen UV-Lampe bestrahlte er die Kleidungsstücke. Mithilfe des ultravioletten Lichts, dessen Wellenlänge zwischen dem für Menschen sichtbaren Licht und der Röntgenstrahlung liegt, lassen sich Spuren erkennen, die bei normalem Licht nicht zu sehen sind.

Es war jedoch kaum etwas zu erkennen. Das Auffälligste war ein Riss im Ärmel des Hemdes, das der Mann getragen hatte.

Laurens schleppte eine große Lampe zum Untersuchungstisch, die diesen und das einst strahlend weiße Hemd in grelles Licht tauchte. Er fotografierte das Kleidungsstück von allen Seiten und legte einen Zollstock aus Stahl daneben, um die Länge des Risses anzugeben.

Dann ließ er die Kleidungsstücke trocknen. Außerdem fotografierte er die Schlüssel und überprüfte sie auf Fasern. Als er nichts fand, legte er die Schlüssel in den sogenannten Bedampfungsschrank. Ein gasförmiger Klebstoff breitete sich in dem luftdicht verschlossenen Schrank aus. Winzige Tröpfchen davon würden an den Fingerabdrücken – sofern vorhanden – haften bleiben.

Laurens wartete nicht, bis es so weit war. Er schaute auf die Uhr, stellte fest, dass es keinen Sinn mehr hatte, nach Hause zu fahren, und ließ sich nebenan in einen Sessel fallen. Innerhalb von drei Minuten war er eingeschlafen. In der vierten Minute rutschte ihm die Sonnenbrille mit den verspiegelten Gläsern von der Stirn auf die Nase, und er war mit einem Schlag wieder hellwach.

Boks hatte mehrere Fragen: Wer war der Ertrunkene? Und wo war er im Wasser gelandet? Würde ihn jemand vermissen? Hatte jemand die Polizei informiert, dass ein Stadtstreicher verschwunden war?

Er schaute die Tagesberichte der letzten beiden Wochen durch, in denen alle Anzeigen und Meldungen protokolliert wurden. Keine der vermissten Personen entsprach der Personenbeschreibung des Ertrunkenen.

Boks sah ein, dass er abwarten musste, ob die Überprüfung der Fingerabdrücke etwas ergab. Dann muss ich mich eben selbst auf die Suche nach der Stelle machen, wo er ins Wasser gefallen ist, sagte er sich und stand auf.

## 4

Nachdem er sich telefonisch angekündigt hatte, fuhr Boks zum Montelbaanstoren, einem Turm aus dem Jahr 1500 an der Oude Schans, einer der schönsten und breitesten Grachten Amsterdams, wo sich der Sitz der kommunalen Wasserwirtschaftsbehörde befand. Boks fuhr extra persönlich hin, obwohl er alle Punkte, die ihn interessierten, auch am Telefon hätte klären können.

Ein älterer Mann in einer schwarzen Uniformhose und einem blauen Rollkragenpullover begrüßte ihn herzlich. Er hatte ein verwittertes Gesicht und hellblaue Augen. »Hallo, Herr Kommissar, ich habe schon von Weitem Ihren Wagen gehört. Sie kommen wohl wegen der Leiche von heute Nacht?«

Boks lächelte. »Ich müsste ihn mal wieder in die Werkstatt bringen.«

Mensink winkte ab. »Aber wieso denn? Er fährt doch!«

Routiniert schenkte er seinem Gast eine Tasse Kaffee ein und setzte sich rücklings auf den Schreibtischstuhl. Vor seinem geistigen Auge sah Boks ihn auf dem Achterdeck eines Piratenschiffs stehen, mit flatternden Hutkrempen und einem Papagei auf der Schulter, klar zum Gefecht. Mensink schaute hinaus auf die Oude Schans. »Und jetzt wollen Sie natürlich wissen, ob wir heute Nacht entwässert haben?«

Boks nickte.

»Im Moment entwässern wir vier Mal pro Woche, weil es wärmer wird. Wir kühlen die Grachten ab. Nachts wird das Schöpfwerk bei Zeeburg eingeschaltet.«

»Auch heute Nacht?«, fragte Boks.

»Auch heute Nacht. Wo wurde die Leiche gefunden?«

Boks trat an die große Karte von Amsterdam heran und deutete auf die zutreffende Stelle.

»Am Oudezijds Kolk? Auf dieser Seite? Zum IJ hin? Sind Sie sich sicher?«

»Ich werde doch wohl wissen, wo wir eine Leiche aus dem Wasser gezogen haben«, sagte Boks.

Mensink runzelte die Stirn. »Wir haben zwar heute Nacht entwässert, aber warten Sie mal ...«

Er verließ das Büro. Boks sah, dass er einem Mann etwas zurief, der sich gerade auf einem Boot der Wasserwirtschaftsbehörde zu schaffen machte. Der Mann rief etwas zurück, woraufhin Mensink wieder hereinkam.

»Sie haben Pech. Die Schleuse am Oudezijds Kolk war heute Nacht offen. Ihre Leiche wurde also aus den Grachten in Richtung IJ getrieben, durch den Oudezijds Kolk.«

»Warum habe ich dann Pech?«

»Weil die Schleuse normalerweise zu bleibt und in diesem Bereich der Gracht dann auch keine Strömung herrscht. Das heißt, dass er dann an Ort und Stelle im Wasser liegen geblieben wäre.«

»Und jetzt, da die Schleuse offen war?«, fragte Boks.

Mensink zuckte mit den Schultern. »Wie lange hat der Mann im Wasser gelegen?«

»So, wie's aussieht, nicht besonders lange. Um die zwei Stunden.«

Mensink nahm eine komplizierte Tabelle zur Hand und verglich diese mit einem Ausdruck. »Die Strömungsgeschwindigkeit betrug heute Nacht etwa vier Kilometer pro Stunde …«, murmelte er vor sich hin. »Von hier also …« Er fuhr mit dem Finger über den Stadtplan. »Hm … Sie wissen natürlich nicht genau, wo er ins Wasser gefallen ist?«

»Nein, deswegen bin ich ja hier.«

»Ach ja.« Mensink lächelte, um sich für seine dumme Frage zu entschuldigen. »Das Schöpfwerk Zeeburg wurde gestern Abend um dreiundzwanzig Uhr eingeschaltet. Die Geschwindigkeit beträgt allerdings nicht sofort neun Kilometer pro Stunde. Es dauert eine Weile, bis die Strömung richtig einsetzt. Folglich …«

Boks verstand. »… hängt es auch davon ab, *wann* er im Wasser gelandet ist. Als die Strömung schon stark war oder noch nicht.«

Mensink sagte grübelnd: »Hm, ja, ich denke, hier. Woanders wäre es eigentlich kaum möglich gewesen. Und zwar gerechnet von hier …« Er legte den Finger auf eine Stelle. »Meiner Meinung nach muss es hier passiert sein. Zumindest wenn ich nur das Entwässern zugrunde lege.«

Boks parkte am Oude Turfmarkt, der Gracht, die parallel zum Rokin verläuft. Von hier strömt das Wasser durch eine schmale Gracht zum Oudezijds Achterburgwal, quer durch das Rotlichtviertel in Richtung Oudezijds Kolk.

Boks ging zu der kleinen Brücke, von der aus man in beide Richtungen schauen konnte. Er stellte sich vor, wie der Körper des Ermordeten ins Wasser gefallen und langsam von der Strömung mitgetrieben worden war. Unter den Brücken hindurch und unbemerkt an den Besuchern des Rotlichtviertels vorbei.

Wer mochte den Mann zum letzten Mal lebend gesehen haben? Der Oude Turfmarkt war – jedenfalls nachts – eine ruhige Gracht; mit einem Markt hatte sie nichts mehr zu tun. Hier wohnten nur wenige Menschen. Stattdessen fanden sich ringsum ein paar Universitätsgebäude, und das wichtigste Bauwerk an der Gracht war zweifelsohne das Allard-Pierson-Museum für Archäologie – kein Ort, an den nachts viele Leute kamen. Touristen schätzen eher den belebten Rokin auf der gegenüberliegenden Seite.

Boks ging zurück in die Mitte der Gracht. Hier befanden sich Anlegeplattformen, auf denen Busse parken konnten. Ganze Menschenhorden wollten an einer Bootsrundfahrt oder einer Tour unter dem Motto »See Holland in 24 hours« teilnehmen.

Auf der anderen Seite der Gracht lag das Hotel Excelsior, ein Luxushotel mit einem Gartenrestaurant zum Wasser hin. War die Leiche von dort gekommen? Boks stellte sich vor, wie die schicken Besucher des Gartenrestaurants zu Tode erschräken, wenn plötzlich ein Leichnam an ihnen vorübertreiben würde.

Trotzdem behielt er das Hotel im Hinterkopf. Ein nervender Stadtstreicher, ein Nachtportier dieses Hotels, der mit einem Mal die Nase voll gehabt hatte … Boks konnte sich das durchaus vorstellen.

Viele Wagen parkten in den Buchten entlang der Gracht, in der es nachts dunkel und still war, wie Boks wusste. Ein idealer Ort für Autoknacker. Könnte es sich um einen Autoknacker handeln, der von dem Stadtstreicher bei einem Einbruchsversuch gestört worden war und diesen darum in die Gracht gestoßen hatte?

Boks ging langsam am Ufer entlang und betrachtete alles ganz genau. Er entdeckte keinerlei Spuren auf dem Boden, die ihn beunruhigten. Was glaubte er hier zu finden? Blutlachen, aufgewühlte Erde, Spuren eines Kampfes? Da Boks nichts dergleichen sah, begannen Zweifel an ihm zu nagen. Zwar war dies der perfekte Ort, um jemanden ins Wasser zu stoßen, was aber, wenn es trotzdem ein Unfall gewesen war?

Als ein weißer Lieferwagen des Ordnungsamtes in die Gracht einbog, eilte Boks zurück zu seinem Mercedes. Der Lieferwagen fuhr an allen geparkten Fahrzeugen vorbei, und Boks hätte schwören können, dass die beiden darin sitzenden Beamten seinen Mercedes ins Visier nahmen, der in hundert Meter Entfernung stand.

Sie fuhren schnell auf den Oldtimer zu, zweifellos, weil sie kontrollieren wollten, ob Boks einen Parkschein gelöst hatte. Boks ging zu seinem Wagen zurück. Er hatte jetzt keine Zeit für kleinliche Auseinandersetzungen, die sich unweigerlich ergeben würden, da er keinen Parkschein gelöst hatte.

Er wusste, dass sie ihm und seinem Mercedes auflauerten, seit er zwei ihrer Kollegen hatte verhaften lassen, die ihn bei der Ausübung einer Amtshandlung behindert hatten. Gerade noch rechtzeitig stieg er ein und brauste davon, direkt vor dem Lieferwagen, dessen Fahrer stark bremsen musste. Schnell fuhr er zu Laurens' Labor in der Sarphatistraat.

»Laurens!« Boks' Stimme hallte durch den langen Gang.

»Ich bin nicht da«, erwiderte dieser. Boks war beruhigt, als er seine Stimme hörte – wenigstens einer, auf den er sich verlassen konnte.

»Und?«, fragte er Laurens, der tat, als wäre er furchtbar beschäftigt.

»Wir kennen ihn nicht. Keine Fingerabdrücke, die mit den seinen übereinstimmen. Ich habe eine DNA-Untersuchung beantragt, aber wenn wir DNA-Material haben, haben wir meistens auch Fingerabdrücke. Viel Hoffnung habe ich also nicht. Hast du schon was rausgekriegt?«

»Nicht wirklich, bis auf die Stelle vielleicht, wo er im Wasser gelandet ist. Aber das ist nur über den Daumen gepeilt.«

»Den linken oder den rechten?«

»Du bist ja hellwach«, sagte Boks.

»Nein, eben nicht. Gerade dann mache ich immer schlechte Witze. Das Einzige, was ich gefunden habe, ist das hier.« Laurens ging Boks voran zu dem Bedampfungsschrank, in dem die Schlüssel lagen. »Aus seiner Hosentasche.«

»Hausschlüssel. Die bringen uns nicht weiter.«

»Ohne Haustür natürlich nicht.«

»Du bist ja doch hellwach.«

»Tut mir leid. Mehr habe ich im Moment nicht«, sagte Laurens.

»Wann findet die Obduktion statt?«

»Weiß ich noch nicht, wahrscheinlich aber noch heute Nachmittag. Wenn nicht, dann morgen.«

Das Telefon klingelte. Laurens nahm ab. »Labor, Laurens am Apparat. Ja, der ist hier. Moment.«

Boks nahm den Hörer entgegen; am anderen Ende war Willem Jongbloed.

»Herr Kommissar, ich glaube, ich weiß, wie Ihre Leiche heißt.«

## 5

Boks fuhr schnell zurück zur Wache Lijnbaansgracht. Es gab keinen einzigen Hinweis auf einen Täter, deswegen wurde das Opfer immer wichtiger. Wenn man das Opfer kennt, dann kennt man auch den Täter, so lautete eine Redensart bei der Kripo. Zumindest wenn es kein Zufallsopfer ist.

Boks parkte auf der Anlegeplattform und eilte in die Wache. Willem Jongbloed stand am Empfang.

»Müssten Sie nicht schon längst in den Federn liegen?«, fragte Boks.

»Nein, ich musste noch alle Protokolle fertig machen. Und da ihn niemand zu kennen scheint, habe ich mich ein bisschen umgehört.«

»Und?«

»Der Kontaktbereichsbeamte vom Zeedijk meint, ihn zu kennen. Er sagt, es handelt sich um einen ganz unauffälligen Stadtstreicher, einen gewissen Robert van Klaveren.«

»Haben wir ihn im Bestand?«

»Keine Ahnung, hab noch nicht nachgeschaut.«

»Würden Sie das für mich tun? Dann rede ich erst mit dem Kontaktbereichsbeamten.«

Joep, besagter Kontaktbereichsbeamter, stand an die Wand des Zeedijk gelehnt und drehte sich in aller Ruhe eine Zigarette. Er war der einzige Polizist, der sich erlauben konnte, auf der Straße zu rauchen. Joep gehörte zu diesem Viertel.

Boks hielt ihm das Foto hin.

»Ja, das habe ich Ihrem jungen Kollegen schon gesagt: Meiner Meinung nach ist das Bobby. Robert van Klaveren.«

»Woher kannten Sie ihn?«

Joep leckte an der Selbstgedrehten, klebte sie zusammen und zündete sie an. »So gut kenne ich ihn ja gar nicht. Er war ein Eigenbrötler. Aber ich versuche, mit allen Leuten in meinem Viertel ein paar Worte zu wechseln.«

»Und?«

»Er wollte keinen Kontakt. Er war der Typ, der in Ruhe gelassen werden will. Also habe ich ihn in Ruhe gelassen. Er tat niemandem was zuleide, war kein Junkie, kein Krimineller. Er wollte einfach sein eigenes Leben führen.«

»Hat er getrunken?«

Joep nahm einen tiefen Zug von seiner Zigarette und grüßte einige vorbeikommende Junkies. Die Leute im Viertel hatten Respekt vor ihm, aber sie nickten im Vorbeigehen auch Boks zu. Kriminelle und Ermittlungsbeamte erkannten einander zwischen all den Ansässigen und Touristen auf Anhieb. Joep schaute um sich. »Nein, Bobby hat nicht getrunken, und er war auch keiner, der in eine Gracht pinkeln würde.«

Joep wusste offensichtlich bereits, welche Möglichkeiten man durchspielte, und hatte so seine Einwände.

»Lassen Sie sich nicht an der Nase herumführen, Boks. Es war kein Unfall.«

Boks war froh, dass Joep seine Vermutungen teilte.

»Wissen Sie, wo Sie mal nachfragen könnten? Im Kloster. Bei den Nonnen. Dort ist er manchmal hin und hat sich Essen abgeholt.« Joep warf einem Junkie, der einem Fahrrad etwas zu viel Aufmerksamkeit widmete, einen scharfen Blick zu.

Boks gab Joep einen jovialen Klaps auf die Schulter. »Ich danke Ihnen.«

»Gern, junger Mann«, sagte Joep väterlich und ging weiter. Das war die Stärke dieses Kontaktbereichsbeamten, dachte sich Boks – Joep behandelte alle gleich, ob es sich um einen unterprivilegierten Junkie oder einen Bankdirektor handelte.

Boks ging die Warmoesstraat in Richtung Dam hinunter. An der Hausnummer 159 klingelte er bei den Nonnen. Vor der Tür war es noch ruhig. Eine in makelloses Weiß gehüllte Ordensschwester öffnete.

»Ach wie nett, Sie sind es, Herr Boks«, sagte sie herzlich. »Was können wir für Sie tun?«

»Hallo, Schwester Madeleine, ich hoffe, es geht Ihnen gut.«

Sie nickte freundlich und ging voraus. Boks betrat das einfache, aber tadellos saubere Kloster, wo jeden Mittag ein paar Augustiner-Ordensschwestern belegte Brote zubereiteten, die sie gegen eins an etwa hundert Obdachlose und Stadtstreicher verteilten. Für jeden hatten sie ein freundliches Wort, und oft kannten sie die Menschen, die die Brote abholten, beim Namen.

»Findet nicht bald wieder die Lotterie statt?«, fragte Boks.

»Deswegen sind Sie doch nicht hier«, antwortete Schwester Madeleine bescheiden.

Boks musste lächeln. Einmal im Jahr pflegte eine der Nonnen die Wache Warmoesstraat zu besuchen, um Lose für ihre Lotterie zu verkaufen. Meistens kam sie nicht weiter als bis in die Eingangshalle, wo der Wachhabende ihr alle Lose abnahm, um anschließend die ganze Dienststelle mit einer Mütze voller Lose abzuklappern. Und alle Anwesenden, unabhängig von ihrem Dienstgrad, griffen zu und kauften, um auf diese Weise Geld für die Nonnen und ihr gutes Werk zusammenzutragen. Und wehe, wenn ein Neuer auch nur kurz zögerte, bevor er ein Los kaufte.

Die Nonnen, die sich auch liebevoll insbesondere um Frauen kümmerten, wurden von den Beamten auf Händen getragen. Wenn eine Touristin überfallen worden war und kein Geld mehr hatte oder eine Frau aus anderen Gründen in Schwierigkeiten geraten war, dann nahmen sich die Nonnen in der Warmoesstraat ihrer an.

Die freundlichen Augen von Schwester Madeleine glänzten, als sie Boks anschaute. »Schießen Sie los, was kann ich für Sie tun?«

»Ich dachte, vielleicht könnten Sie einen Blick auf ein Bild werfen. Muss aber nicht unbedingt sein.«

»Warum nicht? Mich wirft so leicht nichts um.«

»Wirklich nicht?«

Sie lächelte Boks aufmunternd zu und setzte sich ihre Lesebrille auf. »Herr Boks, nach vierzig Jahren in der Großstadt bin ich das eine oder andere gewohnt!« Sie betrachtete das Foto. »Ja, der ist tot. Traurig, traurig. Und was möchten Sie wissen?«

»Ob Sie ihn kennen und wann Sie ihn zum letzten Mal gesehen haben.«

»Warten Sie kurz, ich möchte mir nur ganz sicher sein«, sagte sie und ging in die Küche. Sie zeigte das Foto einigen ihrer Ordensschwestern, woraufhin eine Nonne nickte und ihr etwas zuflüsterte. Schnell kam Schwester Madeleine zurück. »Ich habe mir das schon gedacht, aber jetzt bin ich mir sicher. Schwester Maria kennt ihn auch, und sie kennt jeden, wissen Sie. Es ist Robert van Klaveren. Er wurde auch Robby oder Bobby genannt.«

»Wissen Sie noch mehr über ihn?«

»Wir wissen über jeden ein kleines bisschen, Herr Kommissar, aber über Robert van Klaveren vielleicht ein Quäntchen mehr. Er hatte nämlich am 26. Dezember Geburtstag, am zweiten Weihnachtsfeiertag. Er war ein unauffälliger Mann.«

»Wie alt war er?«, fragte Boks.

Das wusste sie nicht genau. »Mitte vierzig etwa. Er war nicht wie die anderen, wissen Sie, unauffällig eben, wie gesagt. Redete nicht mit den anderen. Wenn die Leute in der Schlange um Essen anstehen, unterhalten sie sich manchmal, aber er nicht. Er kam auch nicht, weil er Essen wollte, so schien es mir jedenfalls. Eher, weil er mal wieder mit uns reden wollte.«

»Und warum mit Ihnen und nicht mit den anderen?«

»Ja, warum wohl … Vielleicht, weil wir auch anders sind als die anderen.«

»Wie anders war er denn?«

»Er hatte das normale Leben hinter sich gelassen, so wirkte er jedenfalls. Wollte mit nichts und niemandem etwas zu tun haben. Er wollte nur allein sein. Das machte ihn offenbar glücklich. Er war keineswegs arm, verstehen Sie.«

»Und wie lange kannten Sie ihn schon?«

»Na ja, ein paar Jahre bestimmt.«

»Dann hat er sich in diesen Jahren wirklich sehr unauffällig verhalten. Wir kannten ihn nicht, Joep kannte ihn nicht.«

Schwester Madeleine schaute ihn lange prüfend an. »Er wollte keine Probleme. Er wollte seine Ruhe haben. In der Großstadt untertauchen.«

»Das ist ihm hervorragend gelungen.«

»Nicht zu zynisch werden, Herr Boks«, sagte sie lächelnd und gab ihm das Foto zurück.

»Sie haben völlig recht. Hat er Ihnen jemals von seiner Familie erzählt?«

»Überhaupt nichts. Jedenfalls mir nicht, aber ich kann ja noch mal bei den anderen nachfragen. Darf ich das solange behalten?« Sie zeigte auf das Bild. »Ich werde es höchstpersönlich verwahren und niemandem geben.«

»Wenn ich Ihnen nicht vertrauen könnte, wem dann, Schwester?«

Noch immer lächelnd, brachte sie Boks zur Tür, vor der sich schon die ersten Obdachlosen und Stadtstreicher versammelt hatten.

Boks betrat das Großraumbüro im Morddezernat, wo es noch immer still war. Er fuhr den Computer hoch und gab die Daten ein, die er gerade bekommen hatte: Ruf- oder Vorname »Robert«, Nachname »van Klaveren« und Geburtsdatum »26. Dezember«.

Wenn er erfasst war, musste er jetzt auftauchen. Die Wahrscheinlichkeit, dass es einen zweiten Robert van Klaveren gab, der ebenfalls am 26. Dezember geboren war, war sehr gering.

Der Computer brauchte nicht lange. Nach zwei Sekunden erschienen ein Name und ein Foto auf dem Bildschirm. Das musste er sein. Robert van Klaveren, geboren am 26. Dezember 1961. Irgendwann einmal war er wegen eines kleinen Vergehens festgenommen worden. Boks starrte auf den Bildschirm und stellte fest, dass seine Probleme nicht geringer, sondern größer geworden waren. Der Mann auf dem Foto in den Datenbeständen der Polizei war nicht das Opfer aus dem Oudezijds Kolk, sondern jemand anders.

## 6

Boks starrte auf den Bildschirm. Es war ganz sicher nicht derselbe Mann. Ungefähr das gleiche Alter, ungefähr die gleichen äußeren Merkmale – aber eben ein anderer.

Hatten Joep und Schwester Madeleine sich geirrt, als sie ihm den Namen Robert van Klaveren genannt hatten? Oder hatte der Stadtstreicher sie belogen?

»Und wer ist das?«, fragte eine Stimme plötzlich. Schneider war neben Boks' Schreibtisch aufgetaucht.

»Das ist ein Mann mit demselben Namen und demselben Geburtsdatum wie meine Leiche«, erwiderte Boks. »Aber dieser hier lebt noch.«

»Zufall?«, erkundigte sich Schneider. »Oder hat unser Stadtstreicher einen falschen Namen genannt?«

»Warum hätte er das tun sollen? Er hat Joep und den Augustinerinnen gesagt, dass er Robert van Klaveren heißt.«

Schneider überlegte kurz. »Und Nonnen belügt man nicht. Das wäre das Gleiche, wie Gott zu belügen.«

»Als ob das nie jemand macht! Aber ich gebe dir recht,

nicht viele Menschen würden Nonnen belügen. Und Stadtstreicher schon gar nicht. Außerdem ergibt es keinen Sinn, eine Nonne zu belügen.«

Sie schwiegen beide. Es stimmte – einen falschen Namen anzugeben, ergab nur Sinn, wenn man einen Vorteil davon hatte.

»Folglich …«, sagte Schneider.

»Folglich heißt unsere Leiche wahrscheinlich Robert van Klaveren.«

»Und der da?« Schneider zeigte auf das Foto auf Boks' Bildschirm.

Boks versuchte, sich in die Gemütsverfassung des Mannes zum Zeitpunkt der Aufnahme hineinzuversetzen. Seine Augen schienen dem Blick des Fotografen auszuweichen. Als sei er absolut nicht erfreut darüber, fotografiert zu werden. Das war nicht ungewöhnlich, aber etwas im Blick des Mannes sagte Boks, dass das nicht daran lag, dass er die Polizei nicht ausstehen konnte und sich deshalb sträubte – nein, durch diese Aufnahme würde er der Polizei einschlägig bekannt werden, und das war es, was den Mann aufbrachte.

»Und?«

»Nicht so ungeduldig«, sagte Laurens. Er gab die Daten von Robert van Klaveren ein, und eine Sekunde später war ein Piepton zu hören. Auf dem Bildschirm erschienen das Foto von van Klaveren und eine Collage aus zehn Fingerabdrücken. Laurens gab ein paar kompliziert aussehende Befehle ein und ließ den Rechner die Fingerabdrücke vergleichen, woraufhin in Großbuchstaben KEINE ÜBEREINSTIMMUNG auf dem Bildschirm er-schien.

»Die Fingerabdrücke des Ertrunkenen entsprechen nicht denen des Mannes in unseren Beständen.« Laurens reichte Boks ein offiziell aussehendes Dokument. »Außerdem gibt es keinen anderen Robert van Klaveren in den Niederlanden, der ebenfalls am 26. Dezember geboren wurde. Sieht so aus, als hätte deine Leiche doch die Nonnen belogen.«

»Dann haben wir ein Problem. Wer ist dieser Mann?« Boks blickte auf das Foto des Toten in der Akte, die auf Laurens' Untersuchungstisch lag. »Dass er einen falschen Namen nennt, kann ich gut nachvollziehen.«

»Ach ja?«, fragte Laurens.

»Er wollte seine Ruhe, wollte einfach nur allein sein. Wenn man dann nach seinem Namen gefragt wird, lässt man sich eben etwas einfallen. Wie gesagt, um seine Ruhe zu haben.«

»Willst du damit etwa sagen, dass er sich den Namen Robert van Klaveren ausgedacht hat, als er sich mit den Nonnen unterhielt? ... Ja, könnte natürlich sein.«

»Trotzdem stimmt irgendwas nicht«, sagte Boks. »Selbst wenn er sich den Namen ausgedacht hat – wie kommt es dann, dass er das richtige Geburtsdatum nannte? Woher wusste er das?«

Darüber musste Laurens eine Weile nachdenken. »Da hast du recht.«

»Folglich muss es einen Zusammenhang zwischen dem ertrunkenen Stadtstreicher und dem Namen Robert van Klaveren geben«, sagte Boks. »Danke für die Hilfe, Laurens.« Er nahm das Foto und die Papiere mit und verließ das Labor.

Jemand hatte einen gelben Zettel auf Boks' Bildschirm geklebt: »Obduktion morgen Vormittag an FU, Gruß Jongbloed.« Boks riss den Zettel ab und klebte ihn auf die Aktenmappe. Der Gedanke, dass es einen Zusammenhang zwischen dem Namen und dem Opfer geben musste, ging ihm nicht aus dem Kopf. Aber welchen? Warum hatte sich der Stadtstreicher Robert van Klaveren genannt? Es war ein zu großer Zufall, dass er einen Namen und das dazugehörige Geburtsdatum geraten hatte. Jetzt gab es nur noch eine Person, die Boks weiterhelfen konnte: der Mann, dessen Polizeifoto sich in den Beständen befand – Robert van Klaveren persönlich.

## 7

Am Abend war Boks immer noch nicht viel weiter gekommen. Er war sauer. Robert van Klaveren, jedenfalls der, den er in der Datenbank gefunden hatte, war von Geheimnissen umgeben. Bei seiner Verhaftung hatte er einen Wohnsitz in der Stadtmitte angegeben, aber dort war er nicht polizeilich gemeldet. Nachdem Boks den Namen eingegeben hatte, erhielt er den Vermerk »Unbekannt verzogen«. Van Klaveren hatte sich demnach hier ab- und nirgendwo wieder angemeldet.

Da Boks sich darüber ärgerte, dass er noch immer nicht wusste, wer sein Opfer war, fuhr er über die Weteringschans auf der für die Straßenbahn reservierten Spur in Richtung Amsterdam Oost. Normalerweise machte er das nicht, doch die Vorstellung, dass irgendwo Menschen lebten, die einen Angehörigen verloren hatten, dies aber nicht wussten, bewegte ihn. Sogar noch mehr als die Tatsache, dass er bei seinen Ermittlungen in eine Sackgasse geraten war.

Über die Sarphatistraat fuhr er bis zum Middenweg nach Oost hinein, wo er nach links in eine schmale Straße, die Linnaeusdwarsstraat, abbog. Er fand einen Parkplatz und stieg aus. Die Linnaeusdwarsstraat war eine völlig abgelegene Straße, wer sie nicht kannte, kam nicht hierher. Sie war – zumindest für Autofahrer – eine Sackgasse. Am Ende der Straße konnte man über eine Holztreppe eine enge Gasse betreten. Diese höchstens fünfundsiebzig Meter lange Seitenstraße war von kleinen Häusern gesäumt.

Boks klingelte an dem Haus mit der Nummer, die van Klaveren angegeben hatte. Drinnen rief eine fröhliche Kinderstimme: »Ich mach auf, Mama!«

Boks schaute in das lachende Gesicht eines etwa vierjährigen Jungen.

»Wer bist'n du?«

»Darf ich deine Mutter sprechen?«

»Warum?« Der Kleine konnte gar nicht aufhören zu lächeln.

»Ich möchte sie etwas fragen.«

»Was denn?«

»Etwas Wichtiges.«

»Was denn?« Der Kleine machte keine Anstalten, seine Mutter zu rufen. »Erst musst du mir sagen, was du sie fragen willst.«

Innerlich musste Boks seufzen; er hoffte, dass Robert van Klaveren nicht der Vater des Kleinen war.

»Ich soll sie fragen ...«, Boks sprach im Flüsterton weiter, »... ob du deinen Teller gestern schön leergegessen hast.«

»Ja, 'türlich. Das kannst du mich doch auch fragen. Ich weiß das auch.« Er drehte sich um und ging hinein. »Mama! Da ist ein komischer Mann an der Tür!«

Nun kam die Mutter herbeigelaufen, eine junge Frau mit zerzausten langen, dunklen Haaren und einem offenen Gesichtsausdruck. Sie trug Jeans und einen mit Farbspritzern übersäten Sweater.

»Sind Sie ein komischer Mann?« Es hörte sich nicht unfreundlich an. Boks sah, dass der Kleine hinter seiner Mutter stehen geblieben war.

»Das kann gut sein«, sagte Boks lächelnd. »Ich möchte Sie gern etwas fragen.« Er hielt ihr seinen Dienstausweis hin, ohne dass der Junge ihn sehen konnte.

Sie schaute ihn prüfend an. »Geh schön spielen, Brian. In deinem Zimmer.«

»Aber …«, wollte der Kleine widersprechen.

»Los, nach oben«, sagte sie bestimmt. Brian verschwand sofort.

»Sind Sie von der Polizei?«

»Boks, Kriminalpolizei.«

»Ich heiße Sandra van den Hazel. Kommen Sie herein.« Sie führte Boks ins Wohnzimmer, wo sie gerade dabei war, eine Wand zu streichen. Das Haus strahlte eine Gemütlichkeit aus, die Boks nicht stören wollte. Die junge Frau schaute nach, ob Brian wirklich hinaufgegangen war, und fragte dann: »Was möchten Sie wissen?«

Boks zögerte eine Sekunde. »Sagt Ihnen der Name Robert van Klaveren etwas?«

Dass sie offensichtlich tief nachdenken musste, beruhigte ihn. Zum Glück war van Klaveren nicht ihr Mann oder der Vater des Kindes. Das Schlimmste für einen Kriminalbeamten war, eine Wohnung zu verlassen, nachdem man den Angehörigen die Nachricht vom Tod einer geliebten Person hatte übermitteln müssen.

Er zog das Foto aus der Jackentasche. »Das hier müsste er sein.«

Aufmerksam betrachtete sie das Foto. »Er kommt mir irgendwie bekannt vor. Er sieht aus wie der Mann … Ich wohne seit etwa drei Jahren hier, doch er sieht aus wie mein Vormieter. Er war noch mal hier, um sich nach der Post zu erkundigen. Ist das möglich?«

»Sehr gut sogar. Jedenfalls hat er uns diese Anschrift genannt.«

»Ja, dann ist er es. Worum geht es?«

»Ich suche ihn, aber offensichtlich ist er umgezogen. Haben Sie ihn nie mehr gesehen?«, fragte er.

Sie schüttelte den Kopf.

»Wissen Sie vielleicht, wo er hingezogen ist?«

»Nein, das hat er mir nicht gesagt.«

»Das war vor drei Jahren? Und Sie kannten seinen Namen nicht?«, fragte Boks weiter.

»Nein … Er war schon ausgezogen, bevor ich hierherkam. Ist das wichtig?«

»Nein, eine Routineangelegenheit.«

Sie schaute ihn an und lächelte. »Darf die Polizei lügen, Herr Kommissar?«

»Ich dachte, Ihnen wäre die freundliche Version lieber. Sonst müsste ich sagen, dass ich mich nicht dazu äußern darf.«

»Da ist mir die freundliche Version in der Tat ein Stück lieber.«

Boks lächelte und steckte das Foto wieder ein. »Danke für Ihre Hilfe.«

Als Boks den Wagen auf die Anlegeplattform neben der Wache lenkte, sah er Kommissar Schneider und Willem Jongbloed auf der Treppe vor der Wache. Schneider winkte ungeduldig.

»Is was?«, fragte Boks.

Schneider ging zur Beifahrertür und stieg ein. Willem Jongbloed setzte sich auf den Rücksitz.

»Ab durch die Mitte ...«, sagte Schneider.

»Wo soll's denn hingehen? Gibst du mir einen Tipp?«

»Hilversum«, sagte Schneider. »Deine Leiche kommt in *Gesucht wird* ...!«

Boks hätte kaum verdutzter aussehen können. »Aber wie ... was ...?«

Schneider forderte ihn mit einer Handbewegung auf, endlich loszufahren. »Du weißt doch, dass unsere Abteilung Öffentlichkeitsarbeit Kontakt zur Programmredaktion von *Gesucht wird* ... hat. Die zuständige Dame rief mich an, dass in der Sendung von heute Abend noch Platz sei für einen Fall. Und ich halte deine unbekannte Leiche als Lückenbüßer für sehr geeignet. Wir müssen in Erfahrung bringen, um wen es sich handelt. Außerdem war ich noch nie in einem Fernsehstudio und möchte zu gern wissen, wie es da so zugeht.«

»Ich auch«, rief ein entspannter und sehr zufriedener Willem vom Rücksitz.

Boks schüttelte den Kopf und trat das Gaspedal durch.

## 8

Boks parkte den Wagen in einer Seitenstraße neben dem Fernsehstudio in Hilversum.

»Ich mag das ganze Theater nicht«, sagte Boks.

»Quatsch nicht so viel, das ist ein hervorragendes Fahndungsmittel«, erwiderte Schneider. »Wir zeigen das Foto des Toten. Da die Hälfte der Niederländer einschalten wird, ist bestimmt jemand dabei, der ihn erkennt.«

»Ist das nicht zu früh? Wir haben doch noch nicht alle ...«, wollte Boks einwenden.

»Komm schon, Boks. Wir wissen weder, um wen es sich handelt, noch, was die Todesursache ist. Wir können jeden Hinweis gut gebrauchen.«

Als sie ausstiegen, kam eine Frau aufgeregt auf sie zugerannt. »Sind Sie aus Amsterdam? Kommen Sie schnell mit. Guten Tag, ich bin die Produktionsleiterin.«

Sie schüttelte ihnen kräftig die Hand und ging ihnen in das stattliche Gebäude voraus, in dem sich das Studio befand. »Wer von Ihnen führt das Wort?«

»Der junge Mann hier.« Schneider deutete auf Boks, bevor dieser etwas sagen konnte.

»Schön, kommen Sie dann bitte mit?«, sagte die Dame und stieg vor ihm die Treppe hinunter. Im Studiokeller betraten sie eine Art Tresorraum, wo zwei Visagistinnen sie bereits mit brauner Schminke und Puderquaste im Anschlag erwarteten.

Selbst wenn Boks gewollt hätte – zum Protestieren blieb keine Zeit. Er wurde in einen altmodischen Friseurstuhl gezwängt, wo ihm ein Tuch umgelegt und er einer Spezialbehandlung unterzogen wurde. Die beiden Visagistinnen trugen braunen Puder auf sein Gesicht auf und schminkten die Ringe unter seinen Augen fachmännisch weg. »Ist das für Sie das erste Mal?«, fragte eine der beiden.

»Sieht man das?«, fragte Boks zurück.

»Kaum«, erwiderte die Frau, aber im Spiegel sah Boks, wie sie ihrer Kollegin zulächelte.

»Herr Boks?« Hinter ihm war der Moderator der Fernsehsendung aufgetaucht.

»Das bin ich.« Boks gab ihm eine Hand, nachdem er sie umständlich unter dem Friseurtuch hervorgewunden hatte.

»Tja, es hat sich alles ein bisschen überschlagen, deswegen haben wir schon mal den Text für Sie vorformuliert. Wird schon werden, Herr Boks.« Und schon war der Moderator wieder weg. »Bis gleich im Studio!« Seine Stimme hallte durch den Gang.

Boks' Laune besserte sich durch diese Mitteilung nicht gerade. Er warf einen Blick auf die Textvorlage und fragte sich, ob er – wie so mancher andere Kollege vor ihm – vor der Kamera wie ein unsicherer Oberschüler mit Sprachfehler wirken würde. Mit Sicherheit.

Das Studio war kleiner, als Schneider es sich vorgestellt hatte. In der Mitte des Raumes stand der Tisch, an dem der Hauptgast gegenüber dem Moderator Platz nehmen sollte. Mehrere Schreibtische mit Telefon und Bildschirm waren in einem Halbkreis angeordnet.

»Tragen Sie keine Uniform?«, fragte die Produktionsleiterin streng.

»Nein, Sie?«, fragte Schneider freundlich. Eine gewisse Panik schien sie zu erfassen, da es vorgeschrieben war, dass jeder, der ins Bild kam, Uniform trug. Eine weitere Mitarbeiterin trat auf Schneider zu, die sich ebenfalls erkundigte, ob er denn wirklich keine Uniform bei sich habe. Schneider sah, dass sich Jongbloed das Lachen kaum noch verkneifen konnte.

»Aber jeder Kommissar trägt doch mittlerweile Uniform«, entrüstete sich die Produktionsleiterin.

»Stimmt, aber ich bin kein Kommissar. Ich bin Polizeipräsident. Soll ich lieber solange in der Kantine warten?«, fragte er.

»Nein, setzen Sie sich bitte dorthin«, erwiderte sie.

»Komme ich dann ins Bild?«

»Aber gewiss. Hören Sie, wenn Sie nicht mitspielen, haben wir ein großes Problem. Und Sie wollen doch schließlich auch, dass Ihr Fall gelöst wird.« Sie nahm Schneider am Arm und brachte ihn zu einem Tisch.

»Ich frage mich, ob das wirklich eine so glänzende Idee war«, sagte Schneider, während er sich setzte. Er zog den Ledermantel aus und hängte ihn über die Stuhllehne.

Die Produktionsleiterin führte Willem, der zu ihrer Erleichterung eine Uniform trug, zu seinem Platz vorne an Schneiders Tisch, sodass wenigstens er eine gute Figur vor der Kamera machen würde.

»Wären Sie so nett und würden nachher das Telefon nehmen und so tun, als führten Sie ein Gespräch?«, bat sie Willem Jongbloed leise. Schneider drehte sich um. »Wie bitte? Was haben Sie gesagt?«, fragte er.

Ihr schwante Schlimmes. »Sie dürfen einfach sitzen bleiben. Schauen Sie doch einfach auf den Computerbildschirm.«

»Sie meinen, wir tun hier nur, als ob? Wir führen also keine richtigen Gespräche?«, fragte Schneider freundlich.

»Aber nein, ganz im Gegenteil, wir führen richtige Gespräche. Nur vielleicht nicht alle«, sagte sie seufzend. »Aber damit das Ganze ein bisschen nach etwas aussieht, hätten wir gern, dass Sie so tun, als ob. Im Interesse der Zuschauer, verstehen Sie?«

»Achtung, Sendung!« Eine Stimme hallte durch das Studio. »Fünf, vier, drei, zwei, eins …«

Da war auch schon die Erkennungsmelodie der Sendung zu hören. Während der Moderator die Zuschauer begrüßte, kam Boks herein. Die Produktionsleiterin bekam beinahe einen Herzschlag, als sie Boks sah, der ebenfalls keine Uniform anhatte. Eine gewisse Panik schien sich auszubreiten, doch er wurde trotzdem zum Tisch geführt.

Schneider schaute fröhlich in die Runde: An den anderen vier Tischen saßen Kollegen aus dem ganzen Land, die ernsthaft in die Telefonhörer sprachen. Er nahm den Hörer des neben ihm stehenden Telefons ab und drückte auf einen Knopf.

»Hallo, hier spricht die Polizei«, hörte er am anderen Ende der Verbindung.

Schneider reagierte erstaunt. »Ja, hier ist auch die Polizei. Wer sind Sie?«

»Tisch drei, werter Kollege. Durften Sie etwa ohne Uniform kommen?«

Schneider schaute erstaunt zur anderen Seite des Studios hinüber. Ein uniformierter Beamter an Tisch drei lächelte ihn freundlich an. Schneider legte auf. »Wir können die anderen Tische anrufen«, flüsterte er Willem Jongbloed ins Ohr. Als eine riesige Kamera an ihren Tisch rollte und sie groß ins Bild kamen, setzte er schnell einen ernsten Gesichtsausdruck auf.

Mittlerweile hatte der Moderator seine Ansage beendet und ließ sich an Boks' Tisch nieder.

»Hier bei mir am Tisch sitzt Kommissar Boks von der Amsterdamer Polizei, der Sie um Hilfe bei der Identifizierung eines Ertrunkenen bittet, nicht wahr, Herr Boks?«

»Richtig«, sagte Boks, obwohl etwas ganz anderes auf seinem Zettel stand.

Währenddessen rief Schneider reihum alle Tische an, um die Anwesenden zu bitten, sich gefälligst leise zu unterhalten. Hinter den Kameras breitete sich immer mehr Panik aus.

»Aber äh … Vielleicht können Sie uns ja noch ein paar Hintergrundinformationen über die Straftat geben.«

»Nein«, sagte Boks. Prompt tauchten auf der Stirn des Moderators kleine Schweißperlen auf.

Boks zog das Foto des Toten aus der Tasche. »Wir wissen noch nicht einmal, ob es sich um eine Straftat handelt. Ich möchte nur herausfinden, wer das hier ist.«

»Genau, ja.« Der Moderator schaute in die Kamera. »Letzte Nacht wurden in Amsterdam die sterblichen Überreste eines Mannes gefunden. Kommissar Boks von der Amsterdamer Kriminalpolizei war am Tatort. Können Sie uns etwas dazu sagen, Herr Boks?«

Boks schaute den Moderator an, als wäre der verrückt geworden. Der Moderator merkte, dass die Sache aus dem Ruder lief. »Ihr Text steht dort.«

»Das weiß ich auch, aber was hier steht, stimmt hinten und vorne nicht. Das ist alles unwichtig.« Er wandte sich an die Kamera. »Wir möchten wissen, um wen es sich handelt. Wir haben noch keinen Namen. Vielleicht ist der Mann ja ein Verwandter oder ein guter Bekannter von Ihnen. Wenn ja, rufen Sie uns bitte an.«

»Nun ja, möglicherweise kann das Publikum Ihnen dabei helfen. Sie wollen den Zuschauern folgende Fragen stellen: Wer war gestern Abend am Oudezijds Kolk? Wer …« Der Moderator wollte den vorbereiteten Text gern noch loswerden.

»Hören Sie auf, das hat damit nichts zu tun.«

»Was wollen Sie denn dann?« Der ansonsten so einnehmende Moderator verlor völlig die Fassung.

»Das hab ich doch schon gesagt. Ich möchte nur herausfinden, wer das hier ist. Und wenn jemand mehr weiß, soll er sich bitte melden.«

»Genau, ja.« Der Moderator hatte sich wieder gefangen. »Also, Sie haben es gehört, rufen Sie uns an, wenn Sie etwas wissen. Unser Team ist gern bereit, Ihre Fragen zu beantworten.«

Boks nahm das Foto vom Tisch und ging zu Schneider. Der forderte ihn mit einer Handbewegung auf, sich zu setzen. Hinter den Kameras herrschte die totale Panik.

»Junge, Junge, was für ein Theater«, sagte Boks.

»So wirst du noch berühmt«, erwiderte Schneider.

Das Telefon auf dem Tisch klingelte. Willem Jongbloed nahm ab. »Hier ist die Polizei, guten Abend.«

»Ja, guten Abend, ich habe gerade das Foto des Mannes im Fernsehen gesehen.«

»Gut möglich. Hätten Sie ein paar Informationen für uns?«, fragte Jongbloed höflich.

»Sie wollten doch wissen, wie er heißt, nicht wahr?«

»Ja.«

»Er heißt Robert van Klaveren, daran besteht kein Zweifel«, sagte die unbekannte Stimme.

Willem Jongbloed schwieg einen Augenblick. »Sind Sie sich sicher?«

Schneider und Boks schauten ihn erwartungsvoll an.

»Klar bin ich mir sicher, ich bin nämlich Roberts Vater«, sagte die Stimme. Obwohl das lakonisch klang, glaubte der junge Beamte dem Mann sofort.

»Darf ich um Ihren Namen und Ihre Anschrift bitten,

dann kommen wir gleich bei Ihnen vorbei«, sagte Willem Jongbloed ruhig. Er begann zu schreiben.

Auch Schneiders Telefon klingelte.

»Spreche ich mit *Gesucht wird* … im Fernsehen?«

»Ja, das auch, ja. Ich bin hier im Studio.«

»Prima, da bin ich ja richtig.« Der Amsterdamer Akzent war nicht zu überhören. »Den Typ da auf dem Bild, den kenn ich. Na ja, nicht persönlich, aber ich weiß, wie er heißt.«

»Wie denn?«

»Robert.«

»Robert und weiter?«

»Keine Ahnung, aber ich kenn ihn schon 'ne ganze Weile. Ein Stadtstreicher. Er ist manchmal auf ein Schwätzchen vorbeigekommen.«

»Und wer sind Sie?«

»Ich arbeite bei der Hafenrundfahrt, Sie wissen schon, am Rokin. Hier, an der Landungsbrücke hinter uns, da hat er oft gesessen«, erzählte der Mann.

Das passt, dachte Schneider, das könnte die Stelle sein, wo er ins Wasser gefallen ist. Die Rundfahrtboote lagen am Oude Turfmarkt. »Und Sie heißen?«, fragte er.

»Ich bin der Kapitän. Hannes heiß ich, ich bin hier bekannt wie ein bunter Hund.«

»Danke, Hannes.«

Sie blieben noch eine Weile sitzen, doch es rief niemand mehr an. Jongbloed hatte Boks alle Informationen gegeben. Schneider stand auf und griff nach seinem Mantel. »Komm, wir gehen.«

Jongbloed bemerkte, wie die Kameraleute von erneuter Panik ergriffen wurden. »Meinen Sie wirklich?«, fragte er zaghaft.

»Die Arbeit ruft. Komm«, sagte Boks.

Schneider ging zum Moderator und klopfte ihm auf die Schulter. Dieser schaute erschrocken auf; er war schon bei der nächsten erschütternden Straftat. Sein Unterkiefer kippte herunter, als er sah, dass die drei hinter ihm standen.

»Wir gehen, vielen Dank«, sagte Schneider. Auch Boks streckte ihm die Hand hin.

»Gern geschehen«, stammelte der Moderator.

Die Produktionsleiterin war den Tränen nah, schaffte es aber dennoch, Schneiders freundliches Nicken mit einem tödlichen Blick zu beantworten.

Die Lösung lag näher, als Boks sich hätte träumen lassen. Robert van Klaverens Vater wohnte im Bernardusstift, einem Seniorenheim in der Marnixstraat, direkt neben dem Sitz des Polizeipräsidiums.

»Ist er noch bei klarem Verstand?«, fragte Boks die große Surinamerin, die vor ihm herging.

Sie musste lachen. »Sein Kopf ist sicher nicht das Problem. Sein Körper will nicht mehr so richtig, aber wenn er noch alles tun könnte, worauf er Lust hat …« Leise summend lief sie durch die Gänge. »Er hat Sie angerufen, nicht wahr? Das ist seine Lieblingssendung. Die aller Bewohner hier übrigens. Jedes Mal kleben sie am Bildschirm und brüllen vor Lachen.«

»Sie lachen darüber?«

»Ja, weil sie noch mal davongekommen sind.«

Boks musste lächeln. Wenn man in einem Seniorenheim wohnte und nicht mehr ohne Hilfe ins Freie kam, war es vielleicht wirklich das Beste, über alles zu lachen.

»Er ist sein Sohn, nicht wahr, der Tote?«, fragte sie.

»Das behauptet er jedenfalls. Er hat uns angerufen,

weil er glaubt, ihn erkannt zu haben. War er sehr erschrocken?«

»Herrn van Klaveren wirft so leicht nichts um.« Sie klopfte an eine Tür und öffnete sie. Am Fenster saß ein alter, zerbrechlich wirkender Mann in einem Lehnstuhl. Er hatte ein gerahmtes Foto in den Händen.

»Ah, die Polizei, da sind Sie ja«, sagte er, als er Boks sah, und streckte ihm eine Hand entgegen. Boks schüttelte seine knöchrige Pranke.

»Martin Boks, Kriminalpolizei.«

»Henk van Klaveren.« Er hielt Boks mit zittriger Hand das Foto hin.

»Das ist er, das ist mein Sohn«, sagte er.

Auf dem Foto war ein Mann zu sehen, der eine Angel in der Hand hielt und mit einem ernsten Gesichtsausdruck in die Kamera schaute. Er stand an einem mit Kieselsteinen übersäten Flussufer; im Hintergrund konnte Boks eine steile Felswand erkennen. Auch wenn die Aufnahme schon mehrere Jahre alt war, handelte es sich zweifellos um denselben Mann, den Boks am Oudezijds Kolk aus dem Wasser gezogen hatte.

»Meines Erachtens haben Sie recht: Das ist unser Mann. Ich fürchte, ich muss Ihnen mein Beileid aussprechen«, sagte Boks leise.

Henk van Klaveren winkte ab. »Ach, was soll's. Muss ich jetzt traurig sein? Das Bild ist zehn Jahre alt. Es ist das Letzte, was ich von ihm gesehen habe. Mir wird von Leuten, die ich nicht kenne, mehr Liebe zuteil als von dem Menschen, den ich in die Welt gesetzt habe. Was ist mit ihm passiert?«

»Er ist wahrscheinlich ertrunken.«

Henk van Klaveren nickte. »Typisch. Auch etwas, was man alleine macht.« Er seufzte.

»Wissen Sie noch mehr über ihn? War er verheiratet? Hatte er ein Haus?«

»Ich weiß von nichts. Außer dass er vor zehn Jahren einen Rappel bekommen hat. Er war zwar schon immer ein Einzelgänger gewesen, damals aber meinte er unbedingt, er müsse zu sich finden. Machte eine Weltreise, zu den seltsamsten Orten.« Er schwieg. »Wahrscheinlich ist es ihm gelungen und er hat zu sich gefunden – mich hat er jedenfalls vergessen.«

»Haben Sie ihn nie mehr gesehen?«

»Nein. Ach, ich habe mir mein ganzes Leben lang immer selbst zu helfen gewusst. Und hier geht's mir doch gut, oder?« Er schaute zum Fenster hinaus. »Er hat sich auf der Straße herumgetrieben, wie ich gehört habe. Völliger Quatsch, er hatte genug Geld. Da wird man doch kein Stadtstreicher. Aber er wollte einfach nichts mehr. Nicht einmal er selbst sein.« Er zuckte mit den mageren Schultern. »Für mich war er also vor zehn Jahren schon tot. Und ich für ihn wahrscheinlich auch. Sie müssen wirklich kein Mitleid mit mir haben. Es ist nicht schlimm. Ich habe mich zehn Jahre lang an den Gedanken gewöhnen können, also ist morgen für mich genauso ein Tag wie heute.«

»Möchten Sie wissen, wann er begraben wird? Ich kann mich um alles kümmern.«

Henk van Klaveren dachte lange nach. »Gut. Kümmern Sie sich drum, und sagen Sie mir dann Bescheid. Ich weiß noch nicht genau, was ich will.«

Boks legte eine Hand auf den Arm von Roberts Vater. »In Ordnung, dann geh ich jetzt. Auf Wiedersehen.«

Henk van Klaveren winkte kurz ab. An der Tür angekommen, merkte Boks, dass er ihm noch etwas sagen wollte.

»Er ist ertrunken, haben Sie gesagt?«

»Ja, er lag im Wasser, als wir ihn fanden.«

Henk van Klaveren schaute zu Boden und sagte leise: »Dann sollten Sie ihn sich noch mal anschauen. Egal, was ich von ihm halte, er war nicht der Typ, der ertrinkt. Das passt nicht zu ihm, wirklich nicht. Als Kind ist er wie ein Otter geschwommen.« Er sah traurig aus. Boks nickte und ging.

Das Glöckchen klingelte fröhlich, als Boks den Snacksalon betrat.

»Hallo, Boks!«, rief Mohammed.

»Hallo, Mohammed. Alles in Ordnung?« Nach dem Besuch bei Robert van Klaverens Vater war Boks nicht gerade in allerbester Stimmung. Es war still in der Snackbar, die Mohammed fachmännisch zu einem »Snacksalon« umgebaut hatte. Er hatte eine Wand herausgebrochen und im Nebenraum ein paar Waschmaschinen und Trockner aufgestellt. Der einzige Nachteil war, dass er die Dunstabzugshaube der Fritteuse an den Abzug der Wäschetrockner angeschlossen hatte. Ab und zu blockierte dieser, was zur Folge hatte, dass die Wäsche nach Fritten stank. Doch das sahen Mohammeds Kunden ihm gern nach, da er ein charmanter Gastgeber war und seinen Snacksalon hingebungsvoll führte.

»Was möchtest du essen?«, fragte Mohammed.

Boks setzte sich. »Ich hab eigentlich keinen Hunger.«

»Du musst was essen. Komm schon. Was willst du? Du bist übrigens früh, zumindest für deine Begriffe.«

Boks setzte sich auf eine Bank vor den Waschmaschinen. »Lass mal, Mohammed. Ich habe wirklich keinen Hunger. Nächstes Mal, ja?« Er starrte in das wirbelnde Wasser und sah den Oudezijds Kolk vor sich, in dessen Mitte Robert van Klaveren trieb. Denn dass der Tote

Robert van Klaveren hieß, davon war Boks mittlerweile felsenfest überzeugt.

Alles war anders, als er zunächst gedacht hatte. Der Name des toten Stadtstreichers war wirklich van Klaveren, und der Mann, der früher einmal festgenommen worden war, hatte einen falschen Namen genannt. Aber wer war dieser Mann? Und hatte er möglicherweise etwas mit dem Tod des echten Robert van Klaveren zu tun?

## 10

Gegen vier Uhr morgens verließ Boks den Snacksalon. Er war müde, wusste aber, dass an Schlaf nicht zu denken war. Da er keine Lust hatte, nach Hause zu gehen, fuhr er zum Oude Turfmarkt, zu dem Ort, an dem der Stadtstreicher möglicherweise ins Wasser gefallen war. Dort blieb er stehen, um sich noch einmal ein Bild von der Situation zu machen.

Er war am Verzweifeln. Warum meldete sich niemand? Warum gab es keinen Zeugen, der ihn freundlich anschaute und sagte: »Sie sind von der Polizei, nicht wahr? Ich habe alles gesehen.« Doch niemand beachtete ihn – bis auf die Junkies und Autoknacker, die ihn erkannten und wohlweislich nicht näher kamen.

Boks blieb am Ufer stehen, bis die Sonne aufging und die Stadt langsam wieder erwachte. Zeitungsausträger auf Rädern belieferten ihre Kunden, und die ersten Straßenbahnen verließen das Depot in Richtung Hauptbahnhof. Boks schaute sich ein letztes Mal um, seufzte und fuhr zur

Uniklinik. Vor dem Eingang zur Leichenhalle wartete er in seinem Wagen, bis der Pathologe des Niederländischen Gerichtsmedizinischen Instituts eintraf. Boks kannte ihn, einen stillen Zeitgenossen, aber eine Koryphäe auf seinem Gebiet.

»Guten Morgen, Herr Doktor.« Boks schüttelte ihm die Hand.

»Guten Morgen. Dann wollen wir doch mal schauen.« Der Pathologe ging voraus. Nun stieg auch sein Fahrer aus, der eine Doppelfunktion innehatte. Er war nämlich nicht nur der Fahrer, sondern assistierte dem Pathologen auch bei der Obduktion und wurde von den Kriminalbeamten liebevoll »der Schlächter« genannt. Erst nachdem er die grobe Vorarbeit erledigt hatte, machte sich der Pathologe konzentriert auf die Suche nach Hinweisen zur Todesursache.

Drinnen tranken sie schweigend ihren Kaffee. Eine Obduktion war nie eine Routineangelegenheit – dessen waren sich alle bewusst. Selbst im Zimmer des Verwalters herrschte Stille, bis auf das Brodeln der Kaffeemaschine.

»Na, dann wollen wir mal«, sagte der Doktor nach einer Viertelstunde und stand auf.

Keine Frohnatur, dachte Boks bei sich. Sich tagaus, tagein mit Toten zu beschäftigen, war nicht gut für ihn, so viel stand fest. Auch der Schlächter verrichtete schweigend seine Arbeit.

Nachdem er in einen Schutzanzug gestiegen war und sich Handschuhe übergestreift hatte, zog Boks sich in eine Ecke des Obduktionsraums zurück.

Das Licht der Operationslampen über dem Edelstahltisch fiel grell auf den Leichnam. Boks kniff die Augen zusammen. In letzter Zeit belastete es ihn immer stärker, dass er nicht schlafen konnte. Er fühlte sich nicht wohl –

zum Teil, weil er die Angelegenheit nicht in den Griff bekam, zum Teil, weil sich sein Körper immer heftiger gegen den Schlafmangel wehrte.

»Schreiben Sie mit?«, fragte der Pathologe, und Boks nickte folgsam. Der Vordruck für den Obduktionsbericht lag schon da; Boks musste nur hinschreiben, was der Pathologe ihm diktierte.

Der Assistent kümmerte sich um die vorbereitenden Arbeiten, während der Pathologe drei Paar Plastikhandschuhe übereinanderzog, um jede Infektionsgefahr auszuschließen. Der Leichnam wurde gewogen und gemessen. Der Pathologe machte einen Schritt nach hinten und betrachtete die Leiche aufmerksam vom Kopf bis zu den Zehen. Bei seiner Suche nach blauen Flecken, Wunden oder Nadelstichen ließ er keine Stelle aus.

Dann machte er sich an die innere Beschau. Er wog und untersuchte auch die Organe. Als der Pathologe die Lunge festhielt, hob er den Kopf. »Er wurde im Wasser gefunden, nicht wahr?«, fragte er Boks.

»Ja.«

»Eines stimmt in jedem Fall: Der Mann ist ertrunken. Die Lunge ist zu schwer. Hier …« Behutsam kniff er in einen Lungenflügel. Ein kleiner Wasserstrahl sprudelte heraus, den der Pathologe in einer Flasche auffing. »Für mich ist die Sache klar. Wir werden natürlich noch prüfen, ob das Wasser in der Lunge Grachtenwasser ist, aber die Todesursache lautet jedenfalls Ertrinken. Alles andere im und am Körper sieht normal aus.«

»Hm«, sagte Boks.

»Sie sind noch nicht überzeugt«, sagte der Pathologe.

»Stimmt.« Nach seinem Bauchgefühl war es kein Unfall. Jemand hatte diesen Mann ermordet, seinen Hosenstall geöffnet und den Toten ins Wasser geworfen. Boks streifte sich ein zweites Paar Einweghandschuhe über und trat an den Tisch heran. »Wir haben bestimmt etwas übersehen.«

Der Pathologe und sein Assistent schauten ihn missbilligend an.

Boks musterte den Leichnam von Kopf bis Fuß. Was war es, das der Tote nicht preisgab? »Er muss ermordet worden sein.«

»Wie denn? Er wurde nicht erwürgt, nicht erstochen, nicht erschossen und nicht erschlagen. Er sieht nicht aus wie ein Junkie – wenn man ihm eine Überdosis gespritzt hätte, hätten wir das festgestellt. Seine Leber sieht gut aus, er war also auch kein Trinker.«

»Aber das ist alles innerlich. Vielleicht ...«, murmelte Boks und machte einen Schritt nach vorn. Er lehnte sich an den Edelstahltisch und betrachtete den Leichnam. Der Pathologe trat ein wenig zur Seite, um ihm Platz zu machen.

Boks dachte nach. Wie war der Mörder vorgegangen? Der Mord durfte nicht auffallen, deswegen war die Leiche ins Wasser geworfen worden. Der Mörder wollte einen Unfall vortäuschen.

Boks' Blick glitt über den Körper des Toten. Tod durch Ertrinken – das mochte er einfach nicht glauben. Er beugte sich über den Leichnam und betrachtete alle Details aus der Nähe. Langsam glitt sein Blick von der Oberseite des Schädels nach unten. Über die noch immer nassen Haare, die Stirn, die Augenbrauen, die Augen. Die Nase, die Wangenknochen, den Hals ... Sein Blick blieb an dem zerzausten Bart des Stadtstreichers hängen. »Haben Sie ein Rasiermesser?«, fragte er. »Würden Sie die Haare entfernen?«

Der Schlächter kramte in seinen Utensilien und zog

schließlich eine Büchse Rasierschaum und ein Rasiermesser heraus. Vorsichtig cremte er das Gesicht des Toten ein und rasierte schwungvoll alle Haare an Hals, Nacken und Kinn ab. Und da sah Boks, wonach er gesucht hatte. »Sehen Sie hier? Diesen verschwindend kleinen Fleck links im Nacken?«, fragte er. Er strich nun ebenfalls die langen Haare rechts am Kopf zur Seite. Die Stelle war winzig, aber auch hier war die Haut unübersehbar verfärbt.

Der Pathologe kniff die Augen zusammen und hielt die Hände neben den Kopf, in Höhe der zwei Flecken auf beiden Seiten des Nackens.

»Darauf kommt auch nicht jeder«, murmelte der Pathologe. Aber Boks wusste Bescheid. Der Mörder hatte beide Halsschlagadern des Stadtstreichers zusammengedrückt, während dieser schlief, und damit die Blutzufuhr zum Gehirn unterbrochen, was zur Bewusstlosigkeit führte. Diese hatte nicht allzu lange gedauert, jedoch lange genug, um zu ertrinken, nachdem der Mörder ihn ins Wasser geworfen hatte.

## 11

Boks eilte die Treppe in der Wache Lijnbaansgracht hinauf. Endlich hatte er einen Anhaltspunkt. Der Pathologe hatte festgestellt, dass sich die beiden Verfärbungen genau über den Halsschlagadern befanden. Der Mörder hatte diese nur kurz, etwa zehn bis zwanzig Sekunden lang, zusammendrücken müssen, um die Zufuhr von sauerstoffreichem Blut zum Gehirn zu unterbrechen, woraufhin das Opfer bewusstlos geworden war. Der Mörder war davon ausgegangen, dass niemand die winzigen Spuren finden würde, da alles auf Tod durch Ertrinken hinwies.

Boks zog das Polizeifoto aus der Akte. Welche Möglichkeiten hatte er, diesen Mann so schnell es ging zu finden?

Schneider hatte sich hinter ihn gestellt. »Zeig das Foto doch in *Gesucht wird* … Wenn sie dich noch reinlassen!« Er grinste verschmitzt.

Boks seufzte. Er wusste, dass es Schneider egal war, dass sie die Sendung aufgemischt hatten. Ihm ging es nur um das Ergebnis. Und wie sie dieses Ergebnis erzielten, kümmerte ihn nicht. Der Zweck heiligt die Mittel.

»Finde ihn, Boks, nur das ist wichtig«, sagte Schneider und deutete auf das Polizeifoto.

»Das ist mir auch klar«, erwiderte dieser und steckte das Foto in die Tasche.

Joep, der Kontaktbereichsbeamte, betrachtete das Foto aufmerksam. »Nein, kenne ich nicht. Welche Beziehung hatte er zu dem Toten?«

»Das versuche ich ja gerade herauszufinden. Sie kennen doch jeden hier in der Gegend. Haben Sie jemals gehört, dass Pässe verkauft werden?«, fragte Boks.

»Das kommt schon vor«, sagte Joep nachdenklich. »Aber anschließend werden sie gefälscht. Anderes Foto, eventuell ein anderer Name.«

»Ich weiß. Wer ist dafür zuständig?«

»Das läuft alles über drei Ecken. Mir ist noch nichts zu Ohren gekommen.«

»Sie kennen doch bestimmt einen Junkie oder einen Stadtstreicher, der seinen Ausweis verkauft hat. Mit dem möchte ich sprechen.«

Joep dachte nach. »Johnny van Zwet hat mir vor Kurzem gesagt, dass er seinen Ausweis verloren hat. Ich hab ihm zwar nicht geglaubt, aber mit mehr wollte er nicht herausrücken.«

»Ich könnte es wenigstens versuchen. Wo kann ich ihn finden?«, fragte Boks.

Boks ging die Treppe an der Ostseite des Bahnhofs hinunter. Obwohl die Hauptverkehrszeit noch nicht begonnen hatte, war schon ziemlich viel los. Johnny van Zwet, auch »Roter Johnny« genannt, saß zusammengekauert in einer Ecke der U-Bahn-Station unter dem Hauptbahnhof. In einer Hand hielt er eine Mundharmonika, auf der er ab und zu ein paar eigenwillige Töne spielte. Vor ihm auf dem Boden lag ein Zettel, auf den »Danke« gekritzelt war, daneben als Ermunterung zu weiteren Spenden eine Fünfzigcentmünze. Johnny hatte eine wilde rote Mähne und war Ende dreißig. Er lebte im Rhythmus der Jahreszeiten; im Winter musste man sich halt einen wärmeren Platz zum Schlafen suchen als im Sommer.

Ganz unterschiedliche »Reisende« kamen in dem unterirdischen Gang an ihnen vorbei – zwei Frauen, die einen Einkaufsbummel in der Innenstadt gemacht hatten, zwei Junkies, die sich tuschelnd in die andere Richtung verdrückten, als sie Boks sahen, Schüler mit zu schweren Ranzen auf den Rücken, Touristen, die sich auf einem kleinen Stadtplan mit Patentfaltung zu orientieren versuchten.

»Muss ich von hier verschwinden?«, fragte Johnny, als Boks vor ihm stehen blieb.

Boks hockte sich neben ihm hin, den Rücken an die Wand gelehnt. »Nein, bleib ruhig sitzen. Ich möchte dich nur etwas fragen.«

»Ich hab keine Rechnung offen, sicher nicht«, sagte Johnny – ein Zeichen, dass er Boks erkannt hatte. Er wollte damit ausdrücken, dass er nicht gesucht wurde, etwa weil er noch eine Geldstrafe begleichen oder eine Haftstrafe verbüßen musste.

»Nein, es geht um etwas anderes. Du hast doch deinen Ausweis verloren, nicht wahr?«

Johnny schaute Boks an. »Ja, stimmt. Hast du ihn gefunden?«

»Du weißt genauso gut wie ich, dass wir ihn nie finden werden, Johnny. Hör zu, ich brauche deine Hilfe. Du kannst natürlich alles abstreiten und auf Zeit spielen, aber damit kommen wir nicht weiter. Es ist wichtig.«

»Wie wichtig?«

»Kennst du den da?« Boks hielt ihm das Foto des toten Robert van Klaveren hin.

»Schon mal gesehen, ja. Er ist tot, hm? Ertrunken.«

»Er wurde ermordet, Johnny«, sagte Boks leise.

»Ah ja. Wer vermisst den schon?« Desinteressiert schaute Johnny zur Seite.

»Er hat einen Vater, der im Bernardusstift wohnt. Dem musste ich sagen, dass sein Kind tot ist.«

Johnny schaute nach wie vor zur Seite. »Und was hat das mit meinem Ausweis zu tun?«

»Es läuft hier jemand rum, der seinen Namen benutzt«, sagte Boks.

Nun schaute Johnny ihn an. »Und jetzt willst du wissen, wer meinen Ausweis hat?«

»Ich will wissen, wem du deinen Ausweis verkauft hast, richtig.«

»Warum machst du dir wegen einem toten Stadtstreicher so viel Arbeit?«, wollte Johnny wissen.

»Warum nicht?«, erwiderte Boks.

Johnny zuckte mit den Schultern. »Ich frage mich nur, ob du das für den Stadtstreicher machst oder für seinen Vater.«

»Wenn du mich kennen würdest, bräuchtest du das nicht zu fragen. Niemand ist mehr oder weniger wert als ein anderer.«

»Sag das mal ›den anderen‹. Den Reichen, den Wichtigtuern, den Leuten, die hier vorbeikommen und dich anschauen, als wärst du ein Stück Dreck. Frag sie, ob du dir wegen dem Tod eines Menschen, wie ich einer bin, Arbeit machen solltest.« Johnny drehte sich um.

»Ich tue es für jeden, Johnny«, sagte Boks.

»Mannomann …«, sagte Johnny langsam. »Ist dir klar, was du da von mir verlangst?«

»Ist mir vollkommen klar.«

Johnny nickte. Er schaute sich um, ob jemand zu ihm hersah, und zog dann ein Handy aus der Innentasche seiner Jacke. »Wenn das jemand sieht, gibt mir niemand mehr Geld«, sagte er. »Ich kann dir eine Nummer und einen Namen geben. Rodolfo. Er kauft unsere Ausweise.«

»Heißt er so oder nennt er sich nur so?«

»Er stammt aus Amsterdam und ist um die fünfzig. Ich glaube, er hält das für cool. Wahrscheinlich heißt er einfach nur Rudolf.«

Boks legte Johnny einen Zehneuroschein hin.

»Spiel mir etwas von den Beatles«, sagte er beim Weggehen. Nach ein paar Metern hörte er die ersten Noten von »Yesterday«, perfekt gespielt, und drehte sich erstaunt um.

Johnny nahm die Mundharmonika von den Lippen und grinste. »Wenn man zu gut spielt, kriegt man auch kein Geld, verstehste? Die Leute geben einem lieber etwas aus Mitleid als für Qualität.«

Nachdem die letzten Töne eines wunderschönen »Yesterday« verklungen waren und die U-Bahn-Fahrgäste spontan applaudierten, verneigte sich Boks höflich vor Johnny und eilte dann die Treppe hinauf zum Ausgang.

## 12

Boks ging es gleich besser, als er wieder im Freien stand. Die Müdigkeit glitt langsam von ihm ab und wich dem Gefühl, dass er den Fall allmählich in den Griff bekam, auch wenn es erst ein zarter Anfang war. Wenn er diesen Rodolfo fände, wäre er jedenfalls wieder einen Schritt weiter. Und wie schwer konnte es schon sein, jemanden zu finden, der sich Rodolfo nannte?

Das liebliche Gefühl der Erleichterung schmolz wie Schnee unter der Sonne, als er seinen Wagen sah. Direkt hinter dem alten Mercedes stand ein weißer Kleinlaster vom Ordnungsamt. »Nicht doch«, murmelte er.

Boks war davon überzeugt, dass ein rachedurstiges Lächeln auf den Lippen des Beamten lag, als dieser sein Kennzeichen auf dem Strafmandat notierte. Seit er zwei Mitarbeiter des Ordnungsamtes hatte einsperren lassen, weil sie sich geweigert hatten, eine Parkkralle von einem beschlagnahmten Auto zu lösen, war zwischen Boks und den Beamten ein wahrer Kleinkrieg ausgebrochen. Wo immer möglich, versuchten diese, Boks einen Strafzettel zu verpassen. Er beschleunigte seinen Schritt und kam gerade noch rechtzeitig. Bevor der Mann vom Ordnungsamt den Strafzettel fertig ausgefüllt hatte, schob Boks ihn mit einem freundlichen »Tut mir leid, ich bin im Dienst« behutsam zur Seite, öffnete die Fahrertür, stieg in den Mercedes, ließ den Motor an und gab ordentlich Gas. Dann fuhr er langsam davon und hüllte den Beamten in eine dichte graue Abgaswolke. Boks sah, dass dieser noch versuchte, ihm den Strafzettel unter den Scheibenwischer zu stecken, und schaltete ihn schnell ein, sodass dem Mann nichts anderes übrig blieb, als schimpfend neben dem Auto herzuhoppeln. Die Amsterdamer an der Straßenbahnhaltestelle mussten laut lachen – nicht so der Mann vom Ordnungsamt, der fluchend seinen Block mit den Strafmandaten auf den Boden warf.

Das Großraumbüro im Morddezernat war größtenteils leer. Es war ruhig in der Stadt, die meisten Kollegen waren nach Hause gegangen. Wenn sie keine schweren Fälle zu bearbeiten hatten, hielten sich die Kriminalbeamten an die üblichen Bürozeiten. Außer Boks natürlich, der am liebsten zu den ungewöhnlichsten Zeiten arbeitete. Ein großes, stilles Dezernat tat ihm gut. Das gab ihm ein vertrautes Gefühl, auch wenn er nicht sagen konnte, worauf das zurückzuführen war. Vielleicht weil er am liebsten allein arbeitete und als Einziger für die Ermittlungen verantwortlich war. Dann brauchte er sich nicht zu fragen, ob die anderen ihre Arbeit richtig machten. Und wenn etwas schiefging, war es allein seine Schuld.

Er blieb neben seinem Schreibtisch am Fenster stehen und sah, dass die Wohnungen in der Marnixstraat langsam wieder zum Leben erwachten. Die Bewohner kamen nach Hause und öffneten die Fenster, um die frische Abendluft hereinzulassen. Das Hotel in der Marnixstraat, dessen Zimmer von der Lijnbaansgracht aus zu sehen waren, war gut belegt. Boks beobachtete, wie eine junge

Touristin ein paar Kleidungsstücke über die Balustrade vor dem Fenster hängte. Hinter ihr stand ein langhaariger junger Mann, der sich gerade umzog und den es nicht kümmerte, ob ihm jemand dabei zusah.

Boks öffnete das Fenster und schaute die Lijnbaansgracht hinab zum Leidseplein. Viele Menschen waren unterwegs. Ein älteres Pärchen war in Abendgarderobe auf dem Weg zum Theater. Ein paar Jugendliche warteten vor dem »Melkweg«, der Konzerthalle direkt gegenüber der Wache, auf Einlass. Boks atmete tief durch und spürte, wie die Energie der Stadt ihm Kraft für den nächsten Ermittlungsschritt namens Rodolfo gab.

Nach drei Minuten wusste er, wer Rodolfo war. Als er alle Datenbestände auf diesen Spitznamen untersuchte, erschien der Name Rudolf Rietbrink auf dem Bildschirm – ein Mann, der vor einigen Jahren festgenommen worden war, weil er Scheckkarten und Ausweise gefälscht hatte. Eine weitere Viertelstunde später hatte Boks herausgefunden, wo Rietbrink sich im Moment aufhielt.

Der Nieuwmarkt mit seiner aus dem Mittelalter stammenden Waage war ein lärmender Treffpunkt. Scheue Junkies, fotografierende Touristen, schlendernde Polizisten, plaudernde Anwohner wuselten in einem gemütlich-chaotischen Großstadtgemisch wild durcheinander. Trotzdem gab es auch in diesem Viertel eine Unterschicht. Wer Elend und Kriminalität suchte, wurde hier schnell fündig: ein argloser Tourist, der bis zu einer stillen Stelle verfolgt und dort beraubt wurde, ein verzweifelter Junkie auf der Suche nach einem Autoradio, eine Handvoll betrunkener Engländer, die Streit suchten, oder ein Bankräuber, der eine Waffe brauchte. Die wirklichen Kriminellen jedoch fielen nicht auf, die saßen in aller Seelenruhe in einem Café und ließen andere sich die Hände schmutzig machen. Ab und zu trat jemand an ihren Tisch, und dann wechselte eine Plastiktüte mit Inhalt unbemerkt den Besitzer.

Als Boks das Café am Nieuwmarkt betrat, verstummten alle. Die Männer an den Tischen sahen ihn an und wussten sofort, dass er von der Kripo war. Die Tatsache, dass Boks allein gekommen war und keine Horde Polizisten bei sich hatte, machte ihn eine Spur weniger bedrohlich, aber trotzdem – die Polizei war in ihrer Stammkneipe. Boks schaute sich kurz um und ging dann zu einem Tisch, an dem ein kleiner Mann mit einer großen runden Brille saß.

»Rudolf, wir müssen miteinander reden.« Boks setzte sich zu ihm. Um ihn herum nahmen die typischen Kneipengeräusche wieder an Lautstärke zu. Nachdem die anderen Gäste gemerkt hatten, dass die Kripo nicht hinter ihnen her war, wandten sie sich wieder ihren Gesprächen und Getränken zu. Sie achteten nicht weiter auf Rudolf und seinen ungebetenen Gast – dass die Kripo bei ihm am Tisch saß, war sein Problem und nicht ihres.

Boks sprach leise. Die anderen brauchten nicht zu wissen, warum er hier war; vor allem aber wollte er Rudolf die Chance geben, ihm etwas zu erzählen – zumindest falls dieser das wollte. Dabei durfte Rudolf nicht durch den Gedanken gestört werden, die anderen könnten denken, er helfe der Polizei. Das würde seinem Ruf schaden. Boks war klar, dass er ihm seine Ehre lassen musste – was für eine Ehre das auch immer sein mochte.

»Warum sollte ich mit Ihnen reden?«, fragte Rudolf.

»Weil ich Ihre Hilfe brauche.«

Rudolf trug ein schwarzgraues Hemd und darüber einen

dunkelbraunen Pullover. Sein dunkler Lockenkopf war ungekämmt, seine dunklen Augen huschten hinter den dicken Brillengläsern nervös hin und her. Er schaute Boks nicht eine Sekunde lang an; seine Aufmerksamkeit galt nur der Entwicklung der Dinge im Café. Wurde er beobachtet? Hatte sich auf einmal jemand hinter ihn gesetzt, der ihm gleich eine Hand auf die Schulter legen und ihm ins Ohr flüstern würde, er solle mitkommen? Er atmete schwer.

»Schlechtes Gewissen, Rudolf?«, fragte Boks leise.

Rudolf schüttelte den Kopf, doch die ersten Schweißperlen traten ihm auf die Stirn. »Was wollen Sie?«, fragte er.

Rudolf hatte Angst. Er hatte etwas zu verbergen. Boks beugte sich vor, bis er Rudolfs Kopf fast berührte, und flüsterte: »Na, was wohl, Rudolf?«

Er wollte ihm weiter zusetzen, sodass Rudolf erleichtert wäre, wenn er den wahren Grund hörte, und dann eher bereit wäre zu reden.

»Keine … keine Ahnung«, stotterte er.

»Kommen Sie, Rudolf.«

»Wirk… wirklich nicht. Ich habe nichts gemacht.«

»Das sagt jeder. Warum schwitzen Sie dann so?«

»Hier ist es warm«, sagte Rudolf. »Merken Sie das nicht?«

»Es ist hier nicht wärmer als vor vier Minuten, bevor ich hereinkam. Und Sie sitzen doch schon länger hier. Kommen Sie schon. Sie haben gewusst, dass wir früher oder später zu Ihnen kommen würden.«

Boks bluffte, aber er log nicht. Seine Äußerungen ließen sich auf unterschiedliche Weise interpretieren.

Nun begann Rudolf, sich auf dem Stuhl hin und her zu wiegen, wie jemand, der sich völlig abkapseln will. Seine großen Augen fixierten eine bestimmte Stelle auf dem Tisch. Ab und zu schaute er zu Boks, um festzustellen, ob dieser ihn noch immer beobachtete. »Ich habe nichts gemacht«, wiederholte er.

»Dann versuchen wir es eben auf eine andere Tour«, sagte Boks. »Kennen Sie den da?« Er legte ein Foto des toten Stadtstreichers auf den Tisch.

Rudolf schien ein kurzer Blick zu reichen. Seine Augen flatterten nervös. »Ja«, sagte er leise.

»Er ist tot, das ist Ihnen doch klar, oder?«, fragte Boks.

Rudolf zupfte an seinem ausgefransten Pullover und nickte. Es schien ihn nicht gerade zu beruhigen, dass Boks ihm das Foto zeigte. War der Mord der Grund für seine schwachen Nerven? Boks spürte die Blicke, die die Leute im Café ihnen zuwarfen. Natürlich hatten alle mitbekommen, dass Boks ein Foto auf den Tisch gelegt hatte. Zum Teil hatte das Foto sie neugierig gemacht, zum Teil wollten sie wissen, wie Rudolf darauf reagierte. Würde er mit der Polizei zusammenarbeiten?

Boks wusste genug. »Na schön, dann müssen Sie eben mitkommen«, sagte er laut zu Rudolf, der beinahe dankbar nickte und aufstand.

Als sie im Freien standen, schauten die Cafébesucher ihnen zwar noch kurz hinterher, beschäftigten sich dann aber bald wieder mit sich selbst. Rudolf hatte die Zusammenarbeit verweigert und war abgeführt worden – dieser Sachverhalt reichte den Stammgästen. Er war noch immer einer von ihnen.

Rudolf ging ein paar Schritte vor Boks. Er hinkte ein wenig, zog das rechte Bein nach, war aber noch erstaunlich schnell zu Fuß unterwegs. Er wollte möglichst rasch aus dem Blickfeld der Menschen, die ihn kannten, verschwinden. Da dies jedoch für das ganze Viertel um den Nieuwmarkt galt, bog er in die Rechtboomsloot ein.

»Ich komme aber nicht mit auf die Wache!«, rief er.

»Entscheiden Sie das etwa?«

»Und … und wenn ich mitkommen muss, dann sag ich k…k…kein Wort!«

»Er ist tot. Was haben Sie damit zu tun?«

Rudolf ging rückwärts, während er Boks flehend anschaute und die Hände hob. »Nichts! Das schwöre ich Ihnen!«

Boks rückte ihm immer mehr auf die Pelle, sodass der hinkende Rudolf sich kaum noch auf den Beinen halten konnte. Er stolperte und drehte sich schnell um, um sein Gleichgewicht wiederzugewinnen. Nach ein paar unbeholfenen Schritten blieb er stehen.

»Glauben Sie denn, dass ich ihn ermordet habe? Das habe ich nämlich nicht.«

»Wer denn sonst?«, hakte Boks nach.

»Sind … sind Sie deswegen hier? Glauben Sie, dass ich es getan habe?« Obwohl Rudolf buchstäblich vor Angst zusammengebrochen war, ging etwas sehr Bedrohliches von ihm aus. Wie er so um sich schaute – als könnte er im nächsten Moment zuschlagen –, wirkte er wie ein in die Enge getriebenes Tier.

Auf einmal konnte Boks sich gut vorstellen, dass Rudolf etwas mit dem Tod von Robert van Klaveren zu tun hatte.

# 13

Boks zweifelte. Sollte er Rudolf festnehmen? Eine Verhaftung würde diesen vielleicht unter Druck setzen, auch wenn er jetzt schon nervös genug war. Aber hatte er überhaupt genug gegen ihn in der Hand? Robert van Klaverens Identität wurde von jemand anderem verwendet, und Rudolf kaufte und verkaufte Pässe von Stadtstreichern. Im Moment reichte das nicht für eine Verhaftung.

Also sagte Boks nur: »Reden Sie.« Sie waren mittlerweile an der Kromboomsloot angekommen, in Boks' Augen eine der schönsten Grachten Amsterdams. Wären die Autos nicht gewesen, hätte man meinen können, die Zeit sei stehen geblieben.

Rudolf setzte sich auf eine Treppe. Das Bedrohliche war aus seiner Haltung verschwunden, da er verstanden hatte, dass Boks ihn nicht festnehmen wollte. »Was möchten Sie wissen?«

»Alles, was Sie mir über ihn erzählen können«, erwiderte Boks und zeigte ihm die Aufnahme noch einmal.

»Er soll ermordet worden sein.«

»Das weiß ich schon. Ich will erfahren, wer das gemacht hat und warum.«

»Wenn ich Ihnen das sagen könnte …«, seufzte Rudolf. »Warum sind Sie eigentlich zu mir gekommen? Ich habe nichts damit zu tun.«

Boks musste sich entscheiden. Was könnte er Rudolf anbieten? Schließlich durfte er nicht allzu viele Informationen preisgeben. Aber mit irgendetwas musste er ihn schon ködern. Ein Gespräch wie dieses war ein subtiles Spiel.

»Jemand hat seinen Namen angenommen.«

Rudolf schaute ihn aus zusammengekniffenen Augen an, was durch die dicken Brillengläser komisch wirkte. »Wie meinen Sie das? Hat jemand seinen Ausweis?«

»Vielleicht. Jedenfalls benutzt jemand seinen Namen.«

*»Off the record?«*, fragte Rudolf.

»Mal sehen«, sagte Boks. »Wenn es allerdings belangreich ist, kann es nicht unter uns bleiben und ich muss Ihre Informationen verwenden.«

»Ja, ja, schon gut. Hören Sie zu, Herr Kommissar. Wenn irgendwo in der Innenstadt Ausweise verschwinden – nicht dass ich etwas damit zu tun hätte – und diese Ausweise später irgendwo anders wieder auftauchen, dann steht in ihnen niemals derselbe Name oder dasselbe Geburtsdatum. Verstehen Sie?«

Boks nickte. Rudolf machte aus den alten Ausweisen neue, indem er Namen oder Geburtsdatum und Foto fälschte.

»Die Leute benutzen sie dann für unappetitliche Dinge. Damit man sie nicht erkennt. Wenn aber jemand den Namen, der schon im Ausweis steht, weiterhin verwendet, dann bezweckt er damit etwas anderes. Und nicht unbedingt etwas Kriminelles«, sagte Rudolf.

Boks zog das zweite Foto aus der Tasche – das Foto des Mannes, der den Namen Robert van Klaveren benutzt hatte. »Kennen Sie den?«

»Mister Botox«, sagte Rudolf ohne Zögern.

»Wieso Botox?«

»Sein Gesicht. Völlig gestrafft. Daneben ist Michael Jackson eine Naturschönheit gewesen.« Rudolf gab ihm das Bild zurück. »War vor einiger Zeit hier in der Gegend. Vor ein, zwei Jahren, weiß nicht mehr genau.«

»Wo hier? Hier in der Innenstadt?«

Rudolf nickte. »Er wollte irgendwas einfädeln. Brauchte einen Ausweis, aber einen echten. Konnte ich ihm nicht besorgen, wollte ich auch nicht.«

»Warum nicht?«, fragte Boks nach.

»Warum nicht? Was wäre denn, wenn ich einen Ausweis einfach so verkaufe? Dann radier ich jemanden aus. Tu so, als ob derjenige nicht mehr existiert. Aber ich habe noch einen Rest von Respekt vor den armen Schweinen, die in der Gosse gelandet und völlig fertig sind. Also kauf ich ihnen zwar den Ausweis ab, aber dann nehme ich einen anderen Namen oder ein anderes Geburtsdatum. Und so machen wir das alle hier im Viertel, ohne Ausnahme.«

Boks musste lächeln. Auch wenn sie von der Kriminalität lebten, gab es im Milieu einen gewissen Ehrenkodex.

»Und dann, was hat Mister Botox dann gemacht?«

»Er sagte, er würde sich selbst drum kümmern.« Nachdenklich schaute Rudolf vor sich hin. »Offenbar ist ihm das gelungen, offenbar hat er jemanden rumgekriegt, der ihm seine Identität überlassen hat.«

»Haben Sie ihn später noch mal gesehen?«, fragte Boks.

»Er kommt ab und zu mal hier in die Gegend.«

»Sie haben gewiss einen Namen und eine Telefonnummer von ihm«, sagte Boks, mehr aufs Geratewohl denn aus Überzeugung. Er hielt Rudolf durchaus für einen Menschen, der sich derlei Informationen aufhob oder merkte. Der Blick, mit dem Rudolf ihn nun anschaute, war für Boks der Beweis, dass er recht hatte.

»Ich bin mir nicht sicher, ob ich die noch hab …« Rudolf versuchte sich herauszuwinden, auch wenn ihm bewusst war, dass er zu lange gezögert hatte.

»Ich will diese Informationen. Und alles, was Sie über den Toten wissen.«

»Wie? Über den wissen Sie doch schon Bescheid?« Rudolf wirkte erstaunt.

»Es gab nur wenige Leute, die ihn kannten.«

»Er war verrückt«, sagte Rudolf. »Hatte Geld wie Heu – ein schönes Apartment, und trotzdem lebte er auf der Straße. Er hatte allem abgeschworen.«

»Ja«, sagte Boks, »sogar seiner eigenen Identität.«

Hinter dem Haarlemmerdijk ließ er Boks in einer kurzen dunklen Straße vor dem Haus warten, wo er im zweiten Stock wohnte. Er wollte Boks unter keinen Umständen in seine Wohnung lassen. Boks wiederum war mittlerweile zu der Überzeugung gelangt, dass Rudolf nicht unmittelbar etwas mit dem Mord zu tun hatte.

Fünf Minuten später kam Rudolf mit zwei Notizbüchern in der Hand wieder nach unten. Sämtliche Seiten waren in einer winzigen Handschrift vollgeschrieben. Unleserlich – außer für den, der sie beschrieben hatte.

»Wenn Sie behaupten, ich hätte Ihnen geholfen, werde ich alles abstreiten«, warnte Rudolf ihn.

»Ich möchte nur einen Mordfall aufklären«, sagte Boks.

»Die Anschrift Ihres toten Stadtstreichers … Ich weiß nur, was er mir selbst gesagt hat. Er hatte angeblich ein Apartment in der Reguliersgracht. Ecke Kerkstraat.«

»Hervorragend. Und was wissen Sie über den Botoxmann?«

Rudolf blätterte langsam in dem ersten Notizbuch. Dann legte er es zur Seite und nahm das andere. Es schien eine Ewigkeit zu dauern, bis er die betreffende Stelle gefunden hatte. »Er – und damit meine ich den Botoxmann –«, begann er und schaute Boks eindringlich an, »er sagte, er bräuchte einen anderen Namen. Er werde verfolgt. Er wollte einen Namen, der nicht gefälscht und der unverdächtig war. Ich habe ihn weggeschickt und ihm gesagt, hier im Viertel sei das nicht machbar. Er meinte, er würde selbst schon noch was finden.« Nachdenklich klappte er das Notizbuch zu.

»Das war's?«, fragte Boks. »Mehr steht nicht drin?«

Langsam schüttelte Rudolf den Kopf. »Ich erinnere mich jetzt wieder an ihn. Er war ein unauffälliger Typ. Hat weiter nichts gesagt, zu niemandem. Ist zu mir gekommen und dann gleich wieder verschwunden.«

Boks seufzte. Immerhin wusste er jetzt ein bisschen mehr als vorher. Rudolf schaute ihn prüfend an.

»Wann war das?«, fragte Boks.

Rudolf antwortete, ohne in sein Notizbuch zu schauen. »Vor anderthalb Jahren.«

»Schreiben Sie alles auf?«

»Sobald ich zu Hause bin. Heute Abend habe ich wieder viel zu tun, nach unserem Gespräch. Aber die Notizbücher werden Sie nie finden, da können Sie noch so lange suchen. Das sind meine …«

»Danke«, sagte Boks. Er ging den Haarlemmerdijk entlang in Richtung Wache.

»Ich hab nie mit Ihnen gesprochen, damit Sie's wissen«, rief Rudolf ihm hinterher.

Boks winkte zurück. Er hatte viel Stoff zum Nachdenken.

# 14

»Mister Botox war also auf der Suche nach einer neuen Identität, die nicht gefälscht sein durfte. Und er wurde von jemandem verfolgt«, sagte Schneider resümierend. Er schob einen Papierstapel von der linken auf die rechte Schreibtischseite. Das gab ihm das Gefühl, an diesem Tag wenigstens ein kleines bisschen gegen das Chaos in seinem schmalen Büro unternommen zu haben.

Boks saß ihm gegenüber auf einem unbequemen Stuhl. Schneider führte am liebsten kurze Gespräche, darum machte er es seinen Besuchern so unbequem wie möglich.

»Richtig. Er kam in die Innenstadt und verschwand genauso schnell wieder. Er sagte, er würde sich selbst drum kümmern«, erwiderte Boks.

»Wie zuverlässig ist dieser Rudolf?«, erkundigte sich Schneider. »Jemanden, der sich den Namen einer lahmen Clownsnummer zulegt, kann ich nicht unbedingt ernst nehmen.«

»Ich glaube ihm«, sagte Boks.

»Du glaubst jedem«, murmelte Schneider.

»Und du glaubst keinem – deswegen bist du ja auch Polizeipräsident geworden.«

»Ja ja ja. Angenommen, er spricht die Wahrheit, dann hat Mister Botox also eine neue Identität für sich gefunden. Aber hat er den armen Kerl auch ermordet?«

»Hm«, machte Boks. »Warum hätte er das erst nach anderthalb Jahren tun sollen?«

»Wo liegt das Apartment des Obdachlosen?«

»In der Reguliersgracht, ein richtiger Obdachloser war

er also nicht gerade. Kommst du mit?« Boks nahm den Schlüssel, den der Tote bei sich gehabt hatte.

»Darauf kannst du Gift nehmen«, sagte Schneider.

Ecke Kerkstraat, hatte Rudolf gesagt. Das konnte sich auf vier Häuser an vier Seiten der Reguliersgracht beziehen. Die Gracht bot einen prachtvollen Anblick. Die altmodischen Straßenlaternen, die die Stadt hatte aufstellen lassen, tauchten die jahrhundertealten Gebäude in ein wunderbares Licht. Boks und Schneider standen auf einer der berühmtesten Brücken der Stadt – der Brücke am Zusammenfluss von Reguliersgracht und Herengracht. Von hier aus waren sage und schreibe fünfzehn andere Brücken zu sehen, die die Grachten überspannten. Die Brückenbögen der Reguliersgracht, insgesamt sieben, wurden von Hunderten von Lampen beleuchtet. Das verlieh den Bauwerken einen märchenhaften Effekt.

»Schön, nicht wahr?«, sagte Schneider, der sich auf das Geländer gestützt hatte und den Touristen zuwinkte, die in einem vor sich hin dümpelnden Rundfahrtboot die Aussicht genossen. »Wer weiß, vielleicht treibt jetzt gerade eine Leiche unter eurem Boot«, murmelte er.

»Du wirst mir doch nicht zynisch werden wollen?«, fragte Boks.

»Aber nicht doch. Alt und lebensüberdrüssig vielleicht, aber zynisch? Ich? Nie und nimmer.«

»Du bist nicht alt. Hör auf mit dem Quatsch.«

»Wollen wir endlich?«

Gemeinsam gingen sie in Richtung Kerkstraat, um den Schlüssel an allen infrage kommenden Türschlössern auszuprobieren. An der Ecke erwartete sie bereits der uniformierte Willem.

»Herr Boks!«, grüßte er überschwänglich.

»Hallo, Willem, schön, dass Sie da sind.«

»Hab ich was verpasst?«, fragte Schneider.

»Was denkst du denn? Wenn zwei so schräge Vögel wie wir vor allen Türen stehen bleiben und mit dem Schlüssel … Glaubst du, dass da niemand die Polizei ruft?«, fragte Boks. »Dafür haben wir Willem, der kann im Notfall beruhigen.«

»Gute Idee«, sagte Schneider. »Aber ich habe noch eine bessere: Wir lassen Willem diese fesselnden Ermittlungen allein durchführen; auf diese Weise sehen wir, ob er sich für die Arbeit bei der Kriminalpolizei eignet. Und wir beide sprechen währenddessen die ganze Angelegenheit in dem Straßencafé dort noch mal durch. Viel Erfolg, Willem.«

Überrascht schaute Willem den Polizeipräsidenten an, und Boks wollte gerade einwenden, dass es so nun auch wieder nicht gemeint war, als Schneider ihn schon in Richtung Amstelveld schob.

»Das kannst du doch nicht machen«, sagte Boks im Straßencafé am Amstelveld.

»Erstens kann ich das und zweitens bin ich Polizeipräsident und darf das also auch. Zwei Kaffee, bitte.«

»Schade, dass ich keine Zeit habe, sonst hätte ich einen mitgetrunken«, sagte eine Stimme in ihrem Rücken.

Boks drehte sich um. »Rudolf«, rief er erstaunt.

»Sie legen ja ganz schön los. Der Tote ist also nicht nur ein toter Stadtstreicher für Sie, der Ihnen schnuppe ist«, sagte Rudolf.

»Ist das Rodolfo?«, fragte Schneider.

»Das bin ich, Kommissar Schneider«, erwiderte dieser.

»Er weiß, wie ich heiße. Woher kennt er meinen Namen?«, fragte Schneider erstaunt.

»Meiner Meinung nach weiß er überhaupt eine ganze Menge«, antwortete Boks.

»Ich hab Ihnen nicht alles gesagt, Boks. Ich wollte mich erst vergewissern, was Sie für ein Mensch sind. Gut informierte Leute haben mir gesagt, Sie sind in Ordnung.« Er machte einen ganz anderen Eindruck als bei ihrer ersten Begegnung – nicht nervös, sondern resolut. Boks fragte sich, welcher Rudolf der richtige war.

»Ich habe mich an Mister Botox gehängt, nachdem er bei mir war. Er war vorsichtig, nervös. Hat sich ständig umgeschaut. Schließlich ist er in einen Wagen gestiegen, den er in einem Parkhaus abgestellt hatte.«

Als Rudolf nicht weiterredete, fragte Boks: »Was für einen Wagen?«

Unsichtbar für die anderen Gäste reichte Rudolf Boks einen Zettel. »Einen BMW. Hier ist das Kennzeichen. Den Rest müssen Sie erledigen.«

Rudolf stand auf und ging davon. Boks schaute Schneider an, doch der zuckte mit den Schultern. »Muss man nicht verstehen.«

Auf einmal stand Willem an ihrem Tisch. »Ich habe die Wohnung gefunden«, sagte er.

Boks sprang auf, wobei er beinahe die Kellnerin mit dem Kaffee umstieß.

»Hier«, sagte er zu dem jungen Beamten und gab ihm Rudolfs Zettel. »Finden Sie heraus, wessen Wagen das ist, wo der Wagen ist und wo sich derjenige aufhält, dem der Wagen gehört. Und zwar sofort. Los, Schneider, wir gehen.«

Die Wohnung an der Reguliersgracht war prachtvoll und groß, aber offensichtlich schon eine Zeit lang nicht mehr bewohnt.

»Teure Sachen, das muss ich schon sagen«, sagte Schneider. Ein großer Fernseher und eine wertvolle Stereoanlage standen im Zimmer. Auch die Designmöbel waren eine Augenweide.

»Ja. Er hat hier wirklich gewohnt«, sagte Boks, der einen riesigen Stapel alter Post auf dem Arm hatte, den er hinter der Eingangstür gefunden hatte. »Muss auf einmal einen Rappel bekommen und das glückselige Nichtssein gesucht haben.«

»Das erinnert mich irgendwie an diese Typen von früher, wie hießen sie gleich wieder? Diese Hippies, die plötzlich jedem irdischen Besitz entsagten? Bhagwan? Hatten ständig diese orangen Sackkleider an«, sagte Schneider.

Boks durchsuchte die ganze Wohnung nach einem Ausweis, einem Führerschein oder einem anderen offiziellen Dokument, konnte aber nichts finden.

»Hier ist schon ein Jahr lang niemand gewesen«, schlussfolgerte Schneider. »Schöne Kombination: viel Geld haben und trotzdem tief unglücklich sein.«

»Mehr noch«, sagte Boks, »viel Geld haben und tot sein. Das ist vielleicht eine Kombination.«

»Hast du schon einen Beweis für die Annahme, dass Mister Botox van Klaveren für dessen Identität Geld gegeben hat?«, fragte Schneider.

»Die Mühe kann ich mir sparen«, erwiderte Boks. »Van Klaveren hatte ohnehin genug Geld, für Geld hätte der es bestimmt nicht gemacht.«

»Woher weißt du, dass er genug Geld hatte?«

»Wirf doch mal einen Blick ins Schlafzimmer.«

Schneider trat ein und sah den Schrank, den Boks geöffnet hatte. Geldscheine quollen daraus hervor. »Jedenfalls kann ich jemanden im Seniorenheim sehr glücklich machen«, sagte Boks.

Willem Jongbloed kam herein. »Ich weiß, wem der BMW gehört«, sagte er.

»Und?«, rief Schneider aus dem Schlafzimmer.

»Kein Wunder, dass er seinen Namen ändern wollte. Aber das ist nicht das Einzige, was er verändert hat.« Willem hielt das Polizeifoto eines Mannes in die Höhe, der deutlich anders aussah als der Mann auf dem anderen Foto.

Boks blätterte in der Akte, die Willem mitgebracht hatte. »Ei der Daus«, sagte er leise. Er ließ die Hände mit der Akte sinken.

»Und?«, fragte Schneider.

»Kannst du dich an das Kleinkind erinnern, das vor vierzehn Jahren im Vondelpark spurlos verschwunden ist?«

»Ja, wurde nie mehr gefunden, oder? Den halben Park haben sie damals umgegraben.«

»Stimmt«, sagte Boks. »Und es wurde damals auch ein Verdächtiger festgenommen.«

»Du willst doch nicht etwa behaupten ...«

»Doch«, sagte Boks, »der des Kindsmordes Verdächtigte von damals ist unser Mister Botox.«

# 15

Boks, Schneider und Willem mussten ein paarmal genau hinschauen, kamen letztendlich aber zu demselben Schluss.

»Es ist derselbe Mann«, sagte Boks.

»Er sieht ihm ähnlich, aber ...«, meinte Willem zögerlich.

»Er ist es, hat sich aber gründlich umbauen lassen. Er war vorher schon keine Schönheit, jetzt aber sieht er aus wie ein totaler Fiesling«, fand Schneider.

»Schaut euch seine Augen an, die kann man nicht verändern. Er hat kalte blaue Augen. Emotionslos.« Boks deutete auf das jüngere Foto. »Und das ist kein Botox, das ist plastische Chirurgie. Er wollte sein Gesicht unkenntlich machen.«

Es war tatsächlich derselbe Mann: Eddy Finkers. Das erste Polizeifoto stammte aus dem Jahr, als er im Verdacht stand, etwas mit dem Verschwinden eines kleinen Jungen im Vondelpark zu tun zu haben. Das zweite Foto war viel später aufgenommen worden, damals, als er den Namen Robert van Klaveren angegeben hatte.

»Ich kann mir gut vorstellen, dass er sich unkenntlich machen wollte – er sieht tatsächlich nicht sehr sympathisch aus«, sagte Schneider. »Aber wirklich verbessert hat er sich dabei nicht.«

»Jedenfalls passt das zu seiner Geschichte.«

»Welche Geschichte?«

»Er sagte doch, er werde verfolgt. Er wollte ein anderes Gesicht haben, damit man ihn nicht mehr erkennen kann«, sagte Boks. Er schaute lange auf die Fotos. »Haben die Leute, die ihn verfolgten, den Falschen ermordet?«

»Finde erst mal heraus, wer ihn verfolgt hat. Und warum.« Schneider ging davon.

»Kann ich irgendwas tun?«, fragte Willem.

»Sagen Sie mal, was haben Sie denn eigentlich für ’ne Schicht? Sie sind doch schon den ganzen Tag hier.«

Jongbloed lächelte. »Ich hatte Tagschicht, aber der Wachhabende hatte nichts dagegen, dass ich weitermache.«

»Wegen diesem Fall?«

»Heute Vormittag habe ich die ganze Akte gelesen. Gibt es keine Zeugen, die den Mord selbst gesehen haben?«

»Nein«, sagte Boks. »Ich habe zwar eine Ahnung, was sich abgespielt hat, bin mir aber nicht sicher.«

»Darf ich der Sache nachgehen?«, fragte Willem.

Boks dachte nach. Willems größter Wunsch war, zur Kripo zu gehen. »Haben Sie denn eine Vermutung?«

»Könnte gut sein«, sagte Willem. »Vielleicht gibt es ja doch Zeugen des Mordes, aber solche, die nichts sagen wollen. Wenn ja, müssen wir die finden.«

»Also gut, klemmen Sie sich dahinter«, sagte Boks. Er schaute auf die Uhr. Es war schon spät. »Melden Sie sich gleich morgen früh bei mir.«

Boks nahm die Akten mit und ging die Treppe in der Wache Lijnbaansgracht hinunter. Von unten hörte er das Gepolter der Kollegen von der Nachtschicht. Je ruhiger es in der Dienststelle war, desto mehr hauten sie auf die Pauke. Manchmal kam es zu richtigen Schlachten zwischen den einzelnen Schichten, bei denen der Feuerwehrschlauch eine beliebte Waffe war.

»Frohes Schaffen!«, rief Boks.

»Alles im Griff, gute Nacht, Boks«, kam es vom Empfang zurück.

Draußen war es ruhig. Ein paar späte Besucher der

Konzerthalle gegenüber lösten die Schlösser an ihren Rädern, ansonsten lag die Lijnbaansgracht verlassen da. Boks legte die Akte neben sich auf den Beifahrersitz und fuhr gemütlich zurück zu seinem Haus, wobei er eine hellgraue Abgaswolke über der Gracht hinterließ.

Boks hielt vor dem großen Tor seiner Garage an, die früher einmal die Wagen der Feuerwache Prinsengracht beherbergt hatte. Etwas in der Ferne erregte seine Aufmerksamkeit. Ein Mann stand da und tat so unauffällig nichts, dass es schon wieder auffällig war. Boks erkannte dieses Verhalten sofort: Es war typisch für Autoknacker, die nach einem geeigneten Wagen Ausschau halten. Die Amsterdamer wussten natürlich, dass sie nichts in ihren Autos liegen lassen durften und dass das Handschuhfach immer offen bleiben musste, Touristen aber ließen häufig wertvolle Dinge gut sichtbar zurück.

Boks blieb stehen und schaute den Mann an – für den Langfinger das Zeichen, dass er verschwinden musste. Entweder war Boks von der Polizei oder er war jemand, der die Polizei rufen würde. Der Autoknacker, der sich der Konfrontation nicht gewachsen fühlte, schlenderte langsam davon.

Boks wartete, bis der Unbekannte außer Sichtweite war, und fuhr den Mercedes dann in die Garage, wo die anderen Oldtimer in Reih und Glied standen.

Im Hausinnern ging er zur Küche ins Souterrain, dem einzigen Raum, in dem er ungestört sitzen konnte und den er gemütlich fand. Das Haus, in dem er wohnte, war prachtvoll, aber unpraktisch. Seine Tanten hatten es ihm vererbt, mit der Auflage allerdings, dass die Inneneinrichtung so bleiben musste, wie sie war. Boks wohnte somit gewissermaßen in einem Museum. Trotzdem wollte er nicht ausziehen. Den alten Mercedes, seinen Lieblingswagen unter all den Oldtimern in der Garage, durfte er benutzen, wann immer es ihm beliebte. Und er war nicht sehr anspruchsvoll. Ihm reichten die Küche, ein Platz zum Schlafen und die Couch vor dem Fernseher.

Er legte die Akte auf den Esstisch und nahm aus dem Gefrierfach eine Pizza, die er anschließend in den Mikrowellenofen schob. Da erst fiel ihm der Zettel auf, der am Kühlschrank klebte. »Ich hab dir was Leckeres zum Essen hingestellt. Gruß, Micky.«

Boks schaute in den Kühlschrank, schloss aber gleich wieder die Tür. Hatte er das richtig gesehen? Hatte Micky Karotten für ihn gemacht? Er warf einen zweiten Blick hinein. Tatsächlich, sie hatte einen Teller zur Hälfte mit Karotten und zur Hälfte mit Kartoffelpüree bedeckt. Quer darüber lag eine Scheibe Fleisch, blässlich und dem Anschein nach zäh. Er seufzte. Micky, die bei ihm zur Untermiete wohnte, stellte ihm oft etwas zum Essen hin, weil sie sich damit erkenntlich zeigen wollte. Außerdem kümmerte sie sich um die Wäsche, weil Boks kein Geld von ihr für die Miete nahm. Als Studentin konnte sie sich nicht viel leisten, und außerdem war sie die Tochter eines Kollegen.

Die ganze Situation hatte nur einen Nachteil – Micky konnte weder kochen noch waschen, aber Boks wagte ihr das nicht zu sagen. Also ließ er das Essen stehen (»Mensch, ganz vergessen …«) und steckte die Wäsche selbst noch mal in die Maschine, nachts in Mohammeds Snacksalon.

Der Mikrowellenofen piepte. Boks nahm die Pizza heraus und schlug Eddy Finkers' Akte auf.

# 16

Vierzehn Jahre zuvor, im Frühling, hatte Bernadette Winters beschlossen, mit ihrem Söhnchen Max den Vondelpark zu besuchen.

Es war an diesem Tag angenehm warm, doch im Park war noch nicht viel los. Sie machte sich in aller Frühe auf den Weg und schob den Kleinen – er war gerade mal achtzehn Monate alt – im Buggy vor sich her. Im Park legte sie eine Decke auf den Rasen und begann in der grellen Frühlingssonne in ihrem Buch zu lesen. Ein kleines Stück entfernt stand ein Mann, der offenbar gerade eine Joggingpause einlegte.

Sie hob Max aus dem Buggy. Er konnte zwar schon laufen, lag nun aber ruhig neben seiner Mutter auf der Decke und spielte mit seinem Lieblingstuch.

Obwohl es noch früh am Morgen war, war Bernadette müde. Sie merkte, dass Max langsam einschlief. Das Tuch über seinem Kopf bewegte sich immer weniger wild hin und her. Kein Wunder, er hatte die halbe Nacht herumgequengelt und Bernadette und ihren Mann nicht schlafen lassen.

Langsam ließ sie das Buch sinken. Das in den Bäumen tanzende Sonnenlicht wärmte ihr Gesicht; sie schloss träge die Augen. Die Müdigkeit – eine Folge der langen schlaflosen Nacht – schlug erbarmungslos zu. Das Buch glitt von ihrem Körper auf den Boden.

In einem Anfall unbewusster Panik fuhr sie hoch. Hatte sie geschlafen? Mein Gott, doch nicht mehr als ein paar Minuten, oder? Oder gar nur eine Minute?

Instinktiv streckte sie zuerst die Hand nach der Stelle

aus, wo Max liegen musste. Aber Max war nicht mehr da. Eine kalte Hand umklammerte ihren Hals. Sie fuhr ruckartig in die Höhe. Max war verschwunden! Ein Schrei, der nichts Menschliches mehr an sich hatte, löste sich aus ihrer Kehle. Sie schaute sich um, aber von Max war nichts zu sehen. In heilloser Panik rannte sie umher, bat andere Parkbesucher um Hilfe. Niemand hatte etwas gesehen. Mein Gott, wie lange hatte sie geschlafen? Wie lange war er schon weg? Warum …? Ihr dröhnte der Kopf vor lauter Fragen.

Dann fiel ihr Blick auf den Teich. War er … Sie wankte zum Teich, stieg ins Wasser, fuhr mit den Armen über den Boden, weinte, rief Max' Namen. Zwei Jogger sprangen in das undurchsichtige Wasser und machten sich daran, es abzusuchen. Jemand rief die Polizei, die innerhalb von vier Minuten mit drei Einsatzwagen in den Vondelpark gefahren kam. Weitere acht Minuten später durchkämmten zwanzig Personen den Teich, doch Max wurde nicht gefunden.

Nach einer Stunde war die Polizei davon überzeugt, dass Max nicht im Teich lag. Die Parkbesucher wurden befragt, und die Suche wurde ausgedehnt. Bernadette war kaum ansprechbar und konnte nicht sagen, wie lange sie geschlafen hatte. Falls jemand Max mitgenommen haben sollte – was nicht ausgeschlossen wurde –, hätte derjenige mittlerweile bereits weit weg sein können, zumindest wenn sie länger geschlafen hatte, als sie selbst glaubte und hoffte.

Als die Kriminalbeamten vom 5. Bezirk sie fragten, ob sie etwas Verdächtiges gesehen habe, erinnerte sich Bernadette an den Mann, der in ihrer Nähe gestanden hatte. Wieso, wusste sie nicht, aber sie hatte ihn plötzlich klar vor Augen. Sie war sich sicher, dass dieser Mann Max mitgenommen hatte. Da brach sie zusammen und jemand rief den Notarzt. Der Park wurde durchsucht, und Spürhunde wurden auf den Geruch des Kinderwagens angesetzt; außerhalb der unmittelbaren Umgebung der Decke, auf der Max gelegen hatte, verloren sie aber jede Witterung. Allem Anschein nach hatte jemand Max aufgehoben und mitgenommen.

Zeugen im Park wollten in dem Mann Eddy Finkers erkannt haben, der bereits wegen Gewalttätigkeiten und Kindesmissbrauch vorbestraft war. Eine Frau meinte sogar, ihn gesehen zu haben, als er mit »etwas« in den Armen eilig den Park verlassen habe. Zwei Stunden später wurde er – nackt – von Beamten des Sittendezernats in seiner Wohnung verhaftet, wo er gerade all seine Kleider in die Waschmaschine gesteckt hatte.

Nach einer dreitägigen Vernehmung, die praktisch ohne Pause gewesen war, musste Eddy Finkers wieder freigelassen werden. Ja, er sei im Vondelpark gewesen. Ja, er habe dort gejoggt, und ja, danach habe er seine nassen und schmutzigen Sachen in die Waschmaschine gesteckt. Ob das etwa verboten sei? Und nein, er habe mit dem Verschwinden des Kleinen nichts zu tun.

Trotz der Tatsache, dass sich mehrere Zeugen bei der Kriminalpolizei meldeten, die Eddy Finkers wiederholt im Vondelpark gesehen hatten, und zwar vor allem in der Nähe kleiner Kinder, war der Staatsanwalt der Meinung, dass er nicht genug in der Hand habe, um ihn länger festzuhalten.

Das mobile Einsatzkommando durchsuchte den ganzen Vondelpark, und die Feuerwehr pumpte den Teich leer, in den Max eventuell gefallen war. Auch die anderen Teiche und Gräben wurden durchkämmt. Letztlich kam man zu der Schlussfolgerung, dass Max nicht mehr im Vondelpark war.

Obwohl Beobachtungsteams der Polizei Eddy noch über ein Jahr beschatteten und seine Telefongespräche abhörten, ergaben sich keine weiteren Anhaltspunkte. Nach sechs Monaten wurde das mit dem Fall betraute Team bis auf zwei Sachbearbeiter abgebaut, und weitere zwei Jahre später wurde die Akte vorläufig geschlossen.

Max blieb weiterhin spurlos verschwunden.

Bernadette Winters litt in der Folge unter schweren Depressionen, die sie erst nach einer monatelangen intensiven Therapie überwand. Bram Tegel, ihr Mann und der Vater von Max, bekam physische Probleme und war ein Jahr lang arbeitsunfähig. Beide waren sie von Eddy Finkers' Schuld überzeugt, doch ihr einziger Halt, die Ermittlungen der Kriminalpolizei, brach nach zwei Jahren weg.

Im letzten Gespräch, das die Kripo eine Woche vor der vorläufigen Einstellung der Ermittlungen mit Max' Eltern führte, ließen Bernadette und Bram durchblicken, dass sie sich nicht mit dem spurlosen Verschwinden ihres Sohnes abfinden konnten. Bram Tegel sagte, er werde die Wahrheit herausfinden, um jeden Preis. Dass sie nicht wussten, wo Max sei, dass sie sich nicht von ihm hatten verabschieden und ihn nicht hatten beerdigen können, sei unerträglich.

Er musste wissen, wo Max war.

Auch wenn er Eddy Finkers dafür foltern oder ermorden musste.

# 17

»Was machst du denn hier?«

Boks wurde bewusst, dass er nicht sagen konnte, wie lange er schon auf die letzte Seite der Akte gestarrt hatte. »Ich sitze …« Er schüttelte den Kopf; er war mit den Gedanken woanders. Dieser Fall nahm ihn mit, mehr, als er gedacht hätte. »Wie spät ist es eigentlich?«

»Schau hinaus, es ist schon hell. Es ist frühmorgens und ich muss gleich weg.« Micky schenkte sich Kaffee ein. »Hast du die ganze Nacht hier gesessen?«

»Ja«, sagte Boks. »Akte gelesen.«

Micky schaute ihn an. »Um was geht's denn?«

»Ein Kind ist verschwunden. Schon vor langer Zeit, aber trotzdem … Die Eltern wollen um jeden Preis herausfinden, wo es ist. Solange sie nicht davon überzeugt sind, dass es tot ist, wollen sie es auch nicht beerdigen.«

Micky setzte sich neben Boks. »Klar können sie das nicht. Wie alt war das Kind damals?«

»Anderthalb. Das Ganze liegt schon vierzehn Jahre zurück.«

»Vierzehn Jahre! Mensch, ist das lange her. Ja, dann ist das Kind wahrscheinlich tot. Gibt es denn überhaupt keine Spur?«

Boks schüttelte den Kopf.

»Hast du ein Bild von dem Kleinen?«

»Ja.« Boks zog ein Foto aus der Akte und warf einen Blick darauf.

»Darf ich auch mal schauen?«, fragte Micky.

»Bist du dir sicher?«

Micky nahm das Foto und betrachtete es lange. »Wenn

das mein Kind wäre, und jemand würde es ermorden …« Sie gab ihm das Bild zurück.

»Was dann?«, hakte Boks nach.

»Dann würde ich ihn auch umbringen. Ganz bestimmt.«

Boks steckte das Foto sorgfältig zurück in die Akte. »Ich weiß, wozu Menschen in der Lage sind«, sagte er. »Jedenfalls muss ich immer vom Schlimmsten ausgehen.«

»Gibt es auch einen Toten?« Micky sah das Foto von Eddy Finkers. »Ist der da ermordet worden?«

»Er war vor vierzehn Jahren der Verdächtige. Besser gesagt, er ist noch immer verdächtig. Er hat sein Gesicht ummodeln lassen und einen neuen Namen angenommen. Und der, dessen Namen er übernommen hat, ist jetzt ermordet worden.«

»Hat er auch das Kind ermordet und irgendwo verscharrt? Oder sonst wie verschwinden lassen?« Mickys Stimme zitterte leicht. »Was hast du jetzt vor?«

Boks seufzte. »Was soll ich schon tun? Ich weiß nicht, wo der Verdächtige ist. Und solange ich nichts weiß, kann ich auch nicht zu den Eltern gehen. Was soll ich ihnen schon sagen? Dass ich vermute, dass sie hinter dem Verdächtigen her sind? Dass es einen Toten gegeben hat und dass ich glaube, dass sie etwas damit zu tun haben?«

»Stimmt das denn?«, fragte Micky.

»Könnte sein. Könnte durchaus so sein, Micky«, sagte Boks.

Es wurde still am Küchentisch.

Schneider schaute das Foto an und seufzte. »Ganz schöner Wirbel damals, traurige Sache. Das Kind wurde nicht gefunden, Gott weiß, wo es ist. Wie gehst du vor? Die

Eltern hätten jedenfalls ein Motiv für den Mord an Eddy Finkers.«

»Genau. Angenommen, sie hätten herausgefunden, dass Eddy einen neuen Namen verwendet und dass er sein Äußeres geändert hat. Sie suchen ihn, finden aber den Verkehrten. Und den ermorden sie«, sagte Boks.

»Dann haben wir die falsche Leiche. Sie wollten Eddy Finkers ermorden und töteten stattdessen einen Stadtstreicher«, resümierte Schneider. »Andersherum wäre es mir lieber, aber das darf ich wohl nicht laut sagen.«

»Wir müssen Eddy Finkers finden. Und ich will mit den Eltern sprechen.«

Schneider schaute ihn teilnahmsvoll an. »Na dann viel Erfolg. Ich weiß nämlich, was sie dich als Erstes fragen werden.«

»Ich fürchte, ich auch«, erwiderte Boks.

Die Haustür wurde geöffnet, und eine Frau, etwa Ende dreißig, schaute Boks an. Ihre Augen flatterten nervös.

»Guten Tag, Boks, Kriminalpolizei.«

Ihre Augen wurden größer und füllten sich mit Tränen. »Wissen Sie etwas Neues über Max?«

Boks schüttelte den Kopf. »Nein«, sagte er leise. »Es geht um etwas anderes.«

Boks sah, wie die Enttäuschung durch ihren Körper fuhr. Sie sank ein wenig in sich zusammen. Ihre Augen glänzten weiterhin feucht, nun aber aus einem anderen Grund. Erst war es Angst gewesen, jetzt Enttäuschung. Sie öffnete die Tür ganz. »Kommen Sie herein.«

Boks folgte ihr. Sie bat ihn, im Wohnzimmer Platz zu nehmen. »Möchten Sie Kaffee?«

»Nein danke. Ist Ihr Mann auch da?«

»Ich ruf ihn gleich«, sagte sie und blieb stehen. Nach

einigen Sekunden schüttelte sie den Kopf und ging hinaus. Es war, als dränge ihr alles erst mit einer gewissen Verzögerung ins Bewusstsein.

Boks hörte schnelle Schritte, die vom ersten Stock zu kommen schienen. Ein Mann betrat das Zimmer und ging, eine Hand ausgestreckt, auf ihn zu. »Sie sind von der Kriminalpolizei?«

»Stimmt«, sagte Boks.

»Ich bin Bram Tegel. Womit kann ich Ihnen behilflich sein?«

Klingt nicht unsympathisch, dachte Boks bei sich. Sie hat ihm bestimmt gesagt, dass es nicht – direkt – um ihren Sohn geht. Bram setzte sich zu Boks, während Bernadette an der Tür stehen blieb. Sie wirkte, als stünde sie da, um, gewissermaßen zum Selbstschutz, gegebenenfalls davonrennen zu können. Die beiden sind noch immer nicht darüber hinweggekommen, dachte Boks bei sich.

»Beschäftigen Sie sich wieder mit Max? Sind die Ermittlungen wieder aufgenommen worden?«, fragte Bram Tegel.

»Nicht ganz«, sagte Boks vorsichtig. »Wir bearbeiten allerdings einen Fall, in dem Eddy Finkers vorkommt.«

Bram schaute kurz zu Bernadette hinüber. Wollte er ihr damit etwas sagen?

»Und? Was ist mit ihm?«

»Was wissen Sie über Finkers?«, fragte Boks. Er wollte vorsichtig anfangen. Abtasten, was sie wussten, schauen, was sie ihm sagen wollten. Mit ganz unschuldig wirkenden Fragen gewann er meistens die besten Informationen. Die arglosen Antworten, die er auf derartige Fragen erhielt, konnte er dann wieder bei den folgenden Fragen verwenden. Oft war auch nicht die Antwort an sich interessant, sondern die Art des Antwortens. Dieses Frage-

und-Antwort-Spiel war wie das Durchqueren eines Minenfeldes. Wenn man bei seinen Fragen eine bestimmte Linie einhielt, erreichte man immer sein Ziel. Allerdings konnte eine einzige falsch gestellte Frage das Ende einer Vernehmung bedeuten. Wenn der Vernommene merkte, worauf man hinauswollte, schnitt er einem den Weg ab.

Bram schaute nach Boks' letzter Frage wieder zu Bernadette hinüber. Boks sah, dass sie ganz kurz, fast unmerklich, mit den Schultern zuckte.

»Wie meinen Sie das – was *wir* über Finkers wissen?«, fragte Bram. »Ich weiß wahrscheinlich genauso viel wie Sie. Er hat unser Kind mitgenommen und ermordet. Er wurde festgenommen und wieder freigelassen, das ist alles.«

»Das ist lange her. Sie wissen, dass die Kripo sich nach Kräften bemüht hat, Max zu finden. Leider vergeblich. Mehr können wir nicht tun.«

»Das ist die Fassung, die wir zu hören bekommen haben, ja.« Bram Tegels Erwiderung klang etwas zu aggressiv. Offenbar wollte er diese Version so nicht hinnehmen. »Ich meine, dass man noch das eine oder andere hätte tun können.«

»Darüber maße ich mir kein Urteil an; ich bin aufrichtig davon überzeugt, dass meine Kollegen getan haben, was in ihrer Macht stand.«

»Lassen wir das mal so stehen«, schaltete Bernadette sich plötzlich ein. »Aber Sie sind bestimmt nicht hierhergekommen, um das Vorgehen der Polizei von damals zu analysieren.«

»Haben Sie seitdem irgendwie Kontakt zu Eddy Finkers aufgenommen?«, fragte Boks schnell.

Nun schauten sie einander länger an. »Nein«, sagte Bram dann.

»Sie haben ihn nie mehr gesehen?«

»Nein, sag ich doch.«

»Wollten Sie ihn sehen? Haben Sie ihn gesucht?«

Nun schwieg Bram. »Was soll das? Warum wollen Sie das wissen?«

»Eddy ist tot«, sagte Bernadette plötzlich. »Oder nicht? Deswegen sind Sie hier.«

»Stimmt das? Ist Eddy wirklich tot? Und glauben Sie, dass wir etwas damit zu tun haben?« Bram Tegels Frage hörte sich nicht an wie eine Frage, sondern wie ein kolossaler Vorwurf.

»Die Sache ist etwas komplexer. Wahrscheinlich ist Eddy gar nicht tot.«

»Aber … Was wollen Sie dann von uns?«, hakte Bram nach.

»Ich will wissen, ob Sie Kontakt zu ihm aufgenommen haben. Oder ihn gesucht haben.«

Es dauerte lange, bis Bram ihm antwortete. »Jede Nacht sehe ich diesen Eddy Finkers vor mir. Er schaut mich an und lacht mich aus. Jede Nacht wieder. Und wenn ich erwache, schweißgebadet und weinend, wird mir klar, dass ich nichts lieber will als seinen Tod.«

»Es hätte gar keinen Sinn, Herr Kommissar«, sagte Bernadette. »Wir hoffen immer noch, dass wir Max irgendwann finden und ihn dann beerdigen können. Und Eddy ist der Einzige, der weiß, wo Max ist. Wir können also nur hoffen, dass er uns das irgendwann, aus welchen Gründen auch immer, sagen wird.«

Boks schwieg.

»Sie werden es doch herausfinden«, sagte Bram auf einmal. »Ich habe ihn verfolgt. Hier.«

Bram ging zu einem Schrank und kramte in seinen Unterlagen. Er kam mit einem Umschlag zurück, den er

Boks hinhielt. »Von Eddy Finkers' Anwalt. Ich soll seinen Mandanten in Ruhe lassen. Ich darf nicht mehr in seine Nähe kommen und muss jeden Versuch der Kontaktaufnahme unterlassen.«

»Das ist noch gar nicht so lange her«, sagte Boks.

»Ein paar Jahre.«

»Sie haben ihn belästigt?«

»So viel und so lange ich konnte«, sagte Bram. »In der Hoffnung, dass ihn das so verrückt machen würde, dass er uns den Aufenthaltsort von Max verrät. Ihre Kollegen hatten vielleicht keine Möglichkeiten mehr, aber ich habe einfach weitergemacht.«

Boks sah die kalte Wut in Brams Augen und wusste, dass dieser imstande wäre, Eddy zu ermorden, dass aber Bernadettes logische Argumentation ihn davon abhalten würde – wenn Eddy tot war, würde niemand mehr herausfinden, wo Max sich befand. Dennoch fragte sich Boks, ob Bram in einem Tobsuchtsanfall oder unter Alkoholeinfluss ausgerastet sein könnte.

»Sie haben also keine Neuigkeiten über Max, und Eddy Finkers ist nicht tot?«, fragte Bernadette.

»Stimmt«, sagte Boks.

»Dann weiß ich nicht, was Sie hier noch zu suchen haben«, schloss sie.

Da Boks ohnehin in einer Sackgasse gelandet war, stand er auf. »Vielleicht haben Sie recht. Tut mir leid«, sagte er.

»Ja, uns auch«, erwiderte Bernadette frostig.

# 18

Schneider drückte an der luxuriösen Privatklinik an der Jozef-Israëlskade auf die Klingel. Mit einem Piepton öffnete sich die Tür. Ein prunkvoll eingerichteter Eingangsbereich bot sich in sanftes Licht gehüllt einladend dar.

»Kann ich Ihnen vielleicht behilflich sein?«, fragte eine Wasserstoffblondine an der Rezeption mit singendem Tonfall. Sie war die Perfektion in Person, und Schneider ging lächelnd auf sie zu.

»Ich habe einen Termin«, sagte er leise, um die Atmosphäre nicht zu stören.

»Bei wem?«

»Beim Chef persönlich.«

Die Empfangsdame verzog ein wenig das Gesicht. »Davon weiß ich nichts«, sagte sie.

»Aber er. Würden Sie ihm Bescheid sagen, dass ich da bin?«, fragte Schneider freundlich. Es hatte keinen Sinn, sich mit einer solchen Schönheit auf eine Diskussion einzulassen. Dafür waren schöne Damen in seinen Augen nicht auf der Welt.

Sie griff zum Telefon und führte im Flüsterton ein kurzes Gespräch. »Er erwartet Sie«, sagte sie beinahe enttäuscht.

»Herzlichen Dank«, erwiderte Schneider höflich.

Er wurde in das Büro des Klinikbesitzers Dr. Romeijn geführt.

»He, du Lahmarsch«, sagte Schneider.

»Na, du alter Gauner«, erwiderte Romeijn. »Was willst du von mir? Falten weg? Bauch ein bisschen straffen? Macht dich zehn Jahre jünger, Kumpel.«

»Von mir lässt du schön die Pfoten weg«, sagte Schneider.

»Was kann ich sonst für dich tun?«

Schneider legte zwei Fotos von Eddy Finkers auf den Tisch – eins vor und eins nach der Behandlung. Sofort war Romeijns berufliches Interesse geweckt. »Ein Krimineller, der behandelt wurde?«

Schneider nickte.

»Was möchtest du wissen?«, fragte Romeijn.

»Wer das gemacht hat.«

»Das sagt dir keiner. Berufsgeheimnis und so weiter«, erwiderte Romeijn.

»Mir nicht, da hast du recht. Deshalb bin ich ja hier. Weil du es herausfinden kannst«, sagte Schneider grinsend.

»Ist dir klar, was du von mir verlangst?«

»Klar wie Kloßbrühe«, erwiderte Schneider. »Es wird nicht ganz einfach sein, aber du schaffst das schon.«

Romeijn nahm die Fotos. »Jeder Facharzt für plastische Chirurgie hat seinen eigenen Stil. Eine bestimmte Art zu arbeiten, die nur ihm eigen ist.«

Schneider stand auf. »Ruf mich an, wenn du etwas weißt.«

»Und wenn der Schönheitschirurg im Ausland ist?«

»Ist er bestimmt nicht«, sagte Schneider und gab Romeijn die Hand. »Und wenn, dann suchst du ihn halt dort. Du hast doch genug Beziehungen.«

»Fast so viele wie du«, sagte Romeijn. »Gehst du auch zum Jazzfestival?«

»Klaro, lieber Schwager!«, rief Schneider und verließ das Büro.

Eddy Finkers' Anwalt war kurz angebunden. »Ich habe schon länger keinen Kontakt mehr mit meinem ehemaligen Mandanten.«

»Können Sie mir etwas über Bram Tegel und Bernadette Winters erzählen?«, fragte Boks.

Am anderen Ende der Verbindung blieb es einige Zeit still.

Dann sagte der Anwalt: »Ich wüsste nicht, was ich Ihnen über die beiden erzählen sollte.«

»Die zwei haben Ihren Mandanten belästigt«, sagte Boks.

»Ja, klarer Fall. Ich habe eine Schutzanordnung erwirkt. Sie durften nicht mehr in seine Nähe kommen.«

»Haben sie ihn jemals bedroht?«, fragte Boks.

»Darüber möchte ich nicht reden, Herr Boks. Eddy Finkers ist nicht mehr mein Mandant, und ich habe keinen Kontakt mehr zu ihm.«

»Seit wann?«

»Eine ganze Weile«, sagte der Anwalt.

Boks seufzte. So kam er nicht weiter. »Wo kann ich ihn finden?«

»Ich habe wirklich keine Ahnung«, erwiderte der Anwalt. »Ich möchte Sie nur auf etwas hinweisen, bevor wieder eine Hetzjagd ausbricht – Eddy Finkers hat immer gesagt, er sei unschuldig, und ich glaube ihm. Daran sollten Sie denken, bevor Sie diese alte Geschichte wieder aufwärmen.« Damit legte er auf.

Gut gelaunt betrat Willem Jongbloed das Morddezernat. »Ich hatte heute Nacht eine Idee!«, rief er fröhlich.

»Ich auch«, sagte Boks. »Aber Sie dürfen anfangen.«

»Der Portier vom Hotel de l'Europe«, sagte er, »der steht nachts draußen. Der kennt den Stadtstreicher bestimmt, wenn er immer dort geschlafen hat.«

»Sehr gut, Willem. Und worauf achtet dieser Portier sonst noch?«, fragte Boks.

»Wie meinen Sie das?«

»Warum steht er draußen?«

»Er gibt auf die Autos der Gäste acht, die auf der Anlegeplattform stehen.« Willem schaute Boks an. Dann verstand er. »Autoknacker …«

»Genau. Sie haben was von Zeugen gesagt, die nicht aussagen wollen. Versuchen Sie herauszufinden, ob in der Mordnacht am Oude Turfmarkt Autos aufgebrochen wurden. Vielleicht steckt ja ein Junkie dahinter, der etwas oder jemanden gesehen hat. Der wird nicht von sich aus aussagen wollen.«

Willem war schon dabei, den Computer hochzufahren.

Boks konnte die Akte des verschwundenen Max einfach nicht vergessen. Er hatte alle Ordner vor sich auf dem Schreibtisch und las den Abschlussbericht, in dem die Aktenlage zusammengefasst wurde, gründlich durch. Wenn ihm irgendetwas unklar war, suchte er das infrage kommende Protokoll heraus und las auch das. Die Ermittlungen waren sehr umfassend gewesen, obwohl es nur wenige Anhaltspunkte gegeben hatte: Bernadette wusste nicht, wie lange sie geschlafen hatte, das war der wichtigste Punkt. Zu dem Zeitpunkt, an dem die Polizei alarmiert wurde, konnte das Kind schon weit weg gewesen sein. Es gab nur wenige Zeugen. Das Kind war nicht im Park gefunden worden; das bedeutete jedoch nicht, dass es nicht im Park zurückgelassen worden war.

Boks las höchst konzentriert alle Vernehmungsprotokolle von Eddy Finkers durch. Dieser gab zu, im Park gewesen zu sein, stritt aber entschieden ab, etwas mit dem Verschwinden des Jungen zu tun zu haben. Angesichts seiner Vergangenheit sprach vieles gegen ihn, aber es gab keine Beweise dafür, dass er tatsächlich etwas mit der Angelegenheit zu tun hatte.

Die Vernehmungen waren sachkundig durchgeführt worden; wenn Eddy etwas gewusst hätte, dann, davon war Boks überzeugt, hätte er sich bestimmt verraten. Auf der anderen Seite war er ein Krimineller, der große Erfahrung hatte, was polizeiliche Vernehmungen betraf; er hatte in keinem einzigen Fall jemals ein Geständnis abgelegt.

Anschließend las Boks alle Vernehmungen von Bernadette Winters durch. Ihm fiel auf, dass seine Kollegen sie schwer in die Mangel genommen hatten – es wäre nicht das erste Mal gewesen, dass eine Mutter ihrem eigenen Kind etwas angetan und anschließend panisch die Polizei gerufen hätte.

»Herr Boks? Hier ist jemand für Sie.«

Boks schaute auf; ein uniformierter Kollege stand vor seinem Schreibtisch. In der Türöffnung erkannte er Bram Tegel.

»Ich wollte Sie fragen, wieso Sie zu uns gekommen sind«, sagte Bram, als sie im Vernehmungszimmer saßen.

»Im Zusammenhang mit Ermittlungen.« Boks fragte sich, was der wahre Grund für Brams Besuch war.

»Das hört sich ganz schön verschwommen an.«

»Mehr kann ich nicht dazu sagen«, erwiderte Boks.

»Meine Frau ist wieder zusammengebrochen. Nachdem Sie gegangen sind …« Er winkte ab. »Alles kam wieder hoch.«

»Sie haben Eddy Finkers lange belästigt. Sie wollen mir doch nicht weismachen, dass Sie damit aufgehört haben, nur weil sein Anwalt Ihnen einen Brief geschickt hat.«

»Werde ich verdächtigt?«, fragte Bram.

»Wessen sollte ich Sie denn verdächtigen?«

»Was weiß denn ich? Sie werden ja nicht konkret. Aber es gibt nichts, was ich nicht schon erlebt habe.«

»Zum Beispiel?«

»Damals, als Max verschwunden war … Man hatte uns im Verdacht. Ich weiß es genau. Zuerst waren wir die Opfer, aber als sie Max nicht finden konnten und sie nichts gegen Eddy Finkers in den Händen hatten, galten wir als verdächtig. Man hat sogar Zeugen gefunden, die bestätigten, dass meine Frau niemals mit einem Kind im Park gewesen sei. Als ob sie ihn vorher ermordet hätte.«

»Wir dürfen keine Möglichkeit ausschließen. Ein guter Ermittler ist grundsätzlich misstrauisch.«

»Erklären Sie das mal einer Mutter, die denkt, dass jemand ihr Kind ermordet hat!«

»Ich verstehe. Möchten Sie Kaffee?«, fragte Boks.

»Hm, ja, von mir aus«, sagte Bram.

Boks verließ das Vernehmungszimmer. Er lief zu Schneider, der mal wieder dabei war, Papierstapel hin und her zu schieben.

»Bram Tegel ist hier«, sagte Boks.

»Wozu?«, fragte Schneider.

»Wahrscheinlich will er wissen, was wir vorhaben.«

»Traust du ihm nicht?«, erkundigte sich Schneider.

»Keine Ahnung. Ich glaube, er verheimlicht uns etwas. Vielleicht sollten wir uns mal bei ihm zu Hause umschauen.«

»Behalt ihn hier. Ich rufe den Staatsanwalt an und nehme Willem mit.« Schneider stand schnell auf.

Boks betrat das Vernehmungszimmer mit heißem Kaffee in der Hand. »So. Jetzt will ich alles über Sie und Eddy Finkers wissen.«

»Was möchten Sie denn hören?«

»Sie haben ihn belästigt. Wie?«

»Wollen Sie mir nicht erst sagen, was hier läuft?«, fragte Bram.

»Wissen Sie das nicht?«

Bram schaute Boks an. »Egal was es ist – Sie glauben, ich hätte was damit zu tun.«

»Könnte gut sein«, sagte Boks. »Dazu kommen wir gleich.«

Bram wusste nicht, wie er reagieren sollte.

»Herr Tegel, ich stecke in einem Dilemma, genau wie meine Kollegen damals. Vielleicht können Sie das ja nachvollziehen: Wir von der Kripo müssen damit rechnen, dass jeder uns belügt. Es könnte gut sein – und verstehen Sie mich bitte richtig –, es könnte sehr gut sein, dass Ihre Frau die Wahrheit gesprochen hat. Die Wahrscheinlichkeit ist groß.«

»Meine Frau …«, fuhr Bram auf.

Boks hob die Hand. »Lassen Sie mich bitte aussprechen. Wir möchten Ihnen gern glauben – nichts lieber als das. Sie haben nicht nur Anspruch auf unser berufliches Engagement, sondern auch auf ein Höchstmaß an Sympathie und Mitgefühl von unserer Seite. Aber stellen Sie sich nur mal vor, dass Sie nicht die Wahrheit sprechen. Stellen Sie sich nur mal vor, dass Sie sich diese Geschichte ausgedacht haben. Sie kennen doch auch die schrecklichen Beispiele aus den Medien. So etwas passiert wirklich … Es kommt wirklich vor, dass Eltern ihrem Kind etwas antun, Herr Tegel. Das dürfen wir nicht ausschließen, und deswegen müssen wir Ihnen unangenehme Fragen stellen.«

»Das weiß ich.« Bram Tegels Ton war nun deutlich milder.

Boks ging zu einem vertraulichen Flüstern über. »Verzeihen Sie mir meine berufsbedingte Offenheit. Wollen wir jetzt, da wir das aus der Welt geschafft haben, über Eddy Finkers reden?«

Bram nickte vorsichtig.

## 10

Schneider hatte das Schlüsselbund von Boks' Schreibtisch geschnappt und ließ nun ruckelnd den Motor des Mercedes an.

»Sind Sie schon mal mit diesem Wagen gefahren?«, fragte Willem.

»Ein Auto ist ein Auto, mein Junge«, sagte Schneider. Ruckartig und mit zu viel Gas fuhr er von der Anlegeplattform herunter und scheuchte dabei einen Radfahrer zwischen die Poller. »Solche Autos werden heutzutage nicht mehr gebaut!«, rief er Willem fröhlich zu, der sich am Türgriff festklammerte.

Während Schneider glaubte, Vorfahrt vor einer Straßenbahn zu haben, fragte Willem mit sich überschlagender Stimme: »Was suchen wir eigentlich?«

»Alles, was die beiden entweder mit Eddy Finkers oder mit Robert van Klaveren in Verbindung bringt. Vor allem in letzter Zeit«, überschrie Schneider den aufheulenden Motor.

»Ich glaube, mein Mann ist gerade auf der Wache«, sagte Bernadette zögernd.

»Könnte sein, Mevrouw Winters. Wir würden uns gern ein wenig umschauen.«

»Wieso denn?«

Schneider wollte sich nicht festlegen lassen. »Im Zusammenhang mit Ermittlungen.«

»Dürfen Sie das einfach so?« Bernadette war nervös.

»Ich habe hier einen Beschluss vom Staatsanwalt, in dem steht, dass wir eine Durchsuchung vornehmen dürfen. Möchten Sie sich den anschauen?«

»Aber sicher!«

Schneider drückte ihr den Bogen in die Hand und betrat anschließend das Wohnzimmer. »Willem, fängst du im Schlafzimmer an?«, bat er den jungen Beamten. »Und würden Sie sich auf die Couch setzen?«

Bernadette, die noch immer aufmerksam den Durchsuchungsbeschluss las, setzte sich. »Darf ich meinen Anwalt anrufen?«, fragte sie leise.

»Natürlich«, sagte Schneider, der wusste, dass sie fertig sein würden, bevor der Anwalt da war.

Willem durchsuchte das Schlafzimmer, während Schneider sich über einen Schreibtisch im Hinterzimmer hermachte, auf dem ein Computer stand.

Bram hatte seine dritte Tasse Kaffee vor sich stehen. Er erzählte Boks gerade, dass er, überwältigt von Kummer und Wut, Eddy Finkers angegriffen habe, nachdem dieser freigelassen worden sei. Er habe keine Sekunde daran gezweifelt, dass Eddy Max mitgenommen und ermordet habe.

Ein paar Monate danach hatte Eddy das Land verlassen, und Bram hatte jede Spur von ihm verloren. Gerüchteweise hatte er gehört, dass Eddy nach Thailand geflohen war, und er hatte alles Mögliche unternommen, um dessen Aufenthaltsort herauszubekommen.

Das gelang ihm allerdings nicht, bis er vor ein paar Jahren den Tipp bekam, dass Eddy in die Niederlande zurückgekehrt sei. Bram setzte einen bekannten Kriminalreporter auf Eddy an. Da dieser ein Gespräch zwischen den beiden vermitteln wollte, erfuhr Bram, wo Eddy sich aufhielt. Auch gegenüber dem Journalisten stritt Eddy jede Verwicklung in den Fall des verschwundenen Max ab. Bram lehnte ein Treffen ab.

»Warum?«, wollte Boks wissen.

»Das ist doch wohl logisch! Ich wollte nur herausfinden, wo Eddy war. Ich wollte ihm das Leben so zur Hölle machen, dass er mir wimmernd sagen würde, was er Max angetan hat.«

»Haben Sie das geschafft? Wussten Sie, wo er wohnte?«

»Das schon, aber es hat nicht geklappt, trotz aller Anstrengungen«, sagte Bram leise.

»Trotz aller Anstrengungen? Was haben Sie denn alles unternommen, um ihn so weit zu kriegen?«, wollte Boks wissen.

»Tja, wie macht man jemandem das Leben zur Hölle? Ich bin ihm ständig über den Weg gelaufen, jedes Mal, wenn er das nicht erwartete. Wenn er das Haus verließ, stand ich vor der Tür. Ich habe seine Telefonnummer herausbekommen. Ich habe ihn angerufen, immer wieder angerufen. Als er sein normales Leben wieder aufnehmen wollte, habe ich ihn dabei gestört. Bei allem, was er tat, sollte er an mein Kind denken. Das war meine Absicht.«

»Aber das hat nicht geklappt«, sagte Boks. »Wie ging's dann weiter?«

»Dann habe ich es auf andere Art versucht. Ihm die Fensterscheiben eingeworfen, die Luft aus seinen Autoreifen gelassen. Ihm ständig an den Fersen geklebt. Ich hab mir sogar kurz überlegt, ihn zu entführen oder zu foltern. Oh Mann, wenn Sie wüssten, was ich in Gedanken alles mit ihm gemacht hab!«

»Sie haben ihn bestimmt tausendmal ermordet. Aber das hat Ihnen nicht geholfen.«

»Wenn ich ihn getötet hätte, hätte er uns nicht mehr sagen können, was er Max angetan hat«, sagte Bram. »Schließlich kam dieser Brief von Finkers' Anwalt, dass ich ihn in Ruhe lassen soll.«

Boks schwieg kurz. Dann sagte er: »Aber das konnten Sie natürlich nicht. Sie konnten ihn nicht in Ruhe lassen.«

Bram schaute ihn an. »Ich war in einem Punkt im Vorteil: Eddy wollte oder konnte nicht zur Polizei gehen und mich anzeigen. Warum, weiß ich nicht, aber er hat es nicht getan. Wahrscheinlich, weil er glaubte, dass auch die Polizei gegen ihn war. Was natürlich zutraf. Ihre Kollegen haben ihn auch für den Täter gehalten.«

»Wusste Ihre Frau davon?«, fragte Boks.

»Natürlich. Das war für sie der einzige Grund, am Leben zu bleiben«, sagte Bram leise.

Boks schwieg erneut, diesmal länger. »Ich habe Ihnen gerade beschrieben, dass ich das Ganze aus verschiedenen Perspektiven betrachten muss. Stellen Sie sich zur Abwechslung mal vor, dass Eddy wirklich nichts mit dem Verschwinden von Max zu tun hat.«

»Davon will ich nichts …«

»Warten Sie! Stellen Sie sich das nur mal kurz vor. Und Sie machen ihm das Leben zur Hölle. Nicht nur für kurze Zeit, sondern über Jahre hinweg. Er verlässt das Land, kommt aber trotz allem wieder zurück. Was muss er tun, um Sie abzuschütteln?«

Bram schien die Frage nicht zu verstehen. »Wie meinen Sie das?«

»Na, wie ich es sage. Was, glauben Sie, hat Eddy getan, um Sie abzuschütteln?«

Bram wandte den Blick ab. »Ich hab absolut keine Ahnung.«

Schneider zog einen weiteren Papierstapel aus dem Schreibtisch und blätterte ihn durch. Willem stellte sich hinter ihn. »Im Schlafzimmer ist nichts«, flüsterte er.

»Überall gesucht?«, fragte Schneider.

»Ich denke schon«, sagte Willem.

»Unter der Matratze? Im Deckbett? Gibt es doppelte Wände hinten im Kleiderschrank? Eine abgehängte Zimmerdecke? Unter den Kleidern im Wäschekorb?«

»Nichts Interessantes«, antwortete Willem im Brustton der Überzeugung.

»In Ordnung«, erwiderte Schneider. Plötzlich hörte er auf zu blättern. Über einem offiziellen Schreiben prangten die Worte: »Betreff: Finkers«. Es war die Rechnung einer Detektei für Ermittlungen, die diese vier Monate zuvor im Auftrag von Bram Tegel angestellt hatte.

Boks schob Bram die Rechnung der Detektei zu.

»Woher haben Sie die?«, fragte er erschrocken.

»Wir haben Ihr Haus durchsucht.«

»Warum?«

»Weil wir, wie gesagt, mit allem rechnen müssen. Und, wie sich jetzt herausstellt, berechtigterweise. Im Moment beschäftigt mich folglich die Frage: Welche Ermittlungen hat die Detektei für Sie durchgeführt?«

Bram ächzte und stöhnte. Boks fixierte ihn und schwieg – eine bewährte Vernehmungstaktik. Verdächtige oder Zeugen halten das nur selten aus. Sie verspüren meist die Neigung, etwas zu sagen.

Es dauerte ein paar Minuten, aber letztendlich durchbrach Bram die Stille. »Wir haben eine Menge Freunde verloren, seitdem Max weg ist. Aber wir haben auch neue hinzugewonnen. Menschen, die mit uns mitfühlen. Menschen, die auch wissen, dass Eddy schuldig ist. Menschen, die uns auf dem Laufenden halten. Vor ein paar Monaten rief mich eine Freundin an, die in der bewussten Klinik für plastische Chirurgie arbeitete. Sie hatte Eddy erkannt, von früher. Er wolle sein Gesicht ummodeln lassen, sagte sie. Er habe gesagt, dass er jemand anders werden wolle.«

»Und deswegen haben Sie die Detektei eingeschaltet.«

»Ja. Ich musste wissen, ob das stimmt. Er durfte uns nicht entkommen. Er ist der Einzige, der weiß, wo Max ist.«

»Was hat die Detektei herausgefunden?«, fragte Boks.

»Nichts«, sagte Bram. »Als die Leute in der Klinik dahinterkamen, dass die Frau mich angerufen und mit Informationen versorgt hatte, wurde sie entlassen. Und sie haben jede Art der Kooperation abgelehnt.«

»Den Namen der Klinik, wissen Sie den noch?«

»Klar«, sagte Bram.

»Schreiben Sie ihn auf, dann können Sie gehen. Aber bleiben Sie erreichbar, falls ich Sie brauche.«

Boks wollte zu seinem Wagen, doch die Stelle auf der Anlegeplattform, wo er ihn geparkt hatte, war leer. Als er nach oben schaute, verschwand gerade Schneiders Kopf aus dem Fensterrahmen.

Boks flog die Treppe zum zweiten Stock hinauf. »Was hast du mit meinem Wagen gemacht?«, rief er.

»Wir mussten dringend weg, aber die Dienstwagen waren alle im Einsatz. Darum hab ich mir deine Schlüssel geliehen«, sagte Schneider.

»Das habe ich nicht gefragt!«

»Doch, hast du.«

»Red dich nicht heraus, du weißt genau, was ich meine! Wo ist mein Wagen?«, sagte Boks bedrohlich ruhig.

»Ach, das meinst du.« Schneider musterte prüfend seine Fingernägel. »Der steht vor dem Haus von Bernadette Winters. Mit einer Parkkralle.«

## 20

Der Leiter des Ordnungsamtes wollte, dass Schneider vor ihm im Staube kroch. Damit war er bei Schneider allerdings an der falschen Adresse, und nach ein paar Drohungen – dass künftig jeder Mitarbeiter des Ordnungsamtes, der sich verkehrswidrig verhalten sollte, sofort in eine Zelle gesperrt würde, weil durchaus bekannt sein müsse, dass der Mercedes von Boks als Einsatzfahrzeug genutzt werde –, hatte Schneider erreicht, was er wollte: Die Parkkralle wurde von Boks' Wagen entfernt.

Sobald Boks wieder über seinen Mercedes verfügen konnte, fuhr er zur Klinik, die nordwestlich von Arnheim in der Veluwe lag. Schneider saß schmollend neben ihm.

»Welche Laus ist dir denn über die Leber gelaufen?«

»Ich hätte die Klinik auch allein gefunden.«

Boks grinste. »Wolltest du der Erste sein?«

»Wäre ich gerne gewesen, ja. Mein Schwager wollte sich für mich erkundigen.«

»Das hier ist doch auch dir zu verdanken. Wenn du die

Rechnung nicht gefunden hättest, hätte Tegel das nie von sich aus gesagt.«

»Nein, da hast du recht, das hätte er nie gemacht.« Den Rest der Fahrt machte Schneider ein fröhliches Gesicht.

Die Klinik sah bei Weitem nicht so professionell und gepflegt aus wie die, die Schneider besucht hatte. Ihr Standard war von deutlich geringerem Niveau, was sich auch in der Empfangsdame widerspiegelte. Gleichgültig sah sie auf, als Boks und Schneider sich anmeldeten.

»Haben Sie einen Termin?«, fragte sie.

»Nein«, erwiderte Boks.

»Möchten Sie Informationen?«

»Etwas in der Art«, sagte Boks. Schneider zeigte seinen Dienstausweis. »Ich möchte mit dem Chef von diesem Schuppen sprechen. Aber ein bisschen plötzlich.«

Die Frau erschrak, trippelte in den Nebenraum und kehrte eine Minute später mit einem flott gekleideten Mann zurück, der eine Sonnenbrille im Haar trug.

»Sind Sie der Chef hier?«, fragte Schneider.

»Mein Name ist Michels, ich bin der Eigentümer, ja. Was will die Amsterdamer Polizei denn hier, mitten in der Veluwe?«

»Können wir uns irgendwo in aller Ruhe unterhalten?«, fragte Boks.

Michels bat sie mit einer ausladenden Handbewegung in sein Büro.

Boks legte das Foto von Eddy Finkers auf den Schreibtisch. »Das haben Sie gemacht«, sagte er.

Kurz schien es, als wolle Michels alles abstreiten. Seine Körperhaltung sprach Bände. Als er den Mund öffnete, um sich zu rechtfertigen, sagte Schneider: »Ich würde es nicht tun. Sie sind doch bestimmt ein intelligenter Mensch.

Schauen Sie uns an. Glauben Sie ja nicht, Sie könnten uns ein Märchen erzählen. Dafür sind wir nicht in der richtigen Stimmung.«

Michels schloss den Mund, nur um ihn ein paar Sekunden später wieder zu öffnen: »Das habe ich gemacht.«

»Na bitte, geht doch«, sagte Boks. »Wo können wir ihn finden?«

Michels zögerte.

Schneider ließ nicht locker. »Das ist nicht der richtige Moment für Grundsatzdiskussionen.«

Michels dachte offensichtlich tief nach. »Ich empfinde nur Antipathie gegenüber diesem Mann. Meine Adresse hatte er über drei Ecken bekommen. Von jemandem, der häufiger Kunden für mich auftreibt, einem guten Bekannten. Jemand, dem ich nichts abschlage. Ich kann mir vorstellen, dass er noch immer Kontakt zu ihm hat. Vielleicht kann er Ihnen weiterhelfen.«

»Und derjenige wimmelt Sie doch bestimmt nicht ab, wenn Sie ihn anrufen und um die Adresse oder Telefonnummer von Eddy Finkers bitten«, sagte Boks.

Schneider beugte sich vor. »Fragen Sie ihn ganz freundlich. Wir brauchen die Angaben dringend!«

Zwei Minuten später hatten Boks und Schneider eine Adresse in Amsterdam.

Keuchend rannte Willem über die Magere Brug. Zehn Meter vor ihm rannte ein Junkie, der nicht abgewartet hatte, bis Willem ihm erklären konnte, was er eigentlich von ihm wollte. »Ich will doch nur mit dir reden«, stieß Willem japsend hervor.

»Scher dich zum Teufel«, schrie der Junkie zurück und rannte weiter. Er schaute kurz über die Schulter zurück, um zu sehen, wie dicht Willem ihm auf den Fersen war.

Das hätte er besser gelassen – als er wieder nach vorn blickte, war es schon zu spät. Er stieß mit einem Radfahrer zusammen und ging zu Boden. Willem warf sich auf ihn. »Warum rennst du eigentlich weg, du Idiot?«

»Warum nicht? Ungeschriebenes Gesetz: Renn weg, wenn du einen Bullen siehst!«, erwiderte der Junkie keuchend. »Werde ich jetzt verhaftet?«

»Halb«, sagte Willem. »Ich will dich etwas fragen, hab ich dir doch gesagt. Komm erst mal mit.« Er zog den Junkie in die Höhe und nahm ihn mit zur Wache Prinsengracht.

Im dortigen Vernehmungszimmer zeigte Willem ihm eine Anzeige. »Ein Mercedes ML. Du bist hier der Fachmann für Luxuskarossen, du bist der Einzige, der die Alarmanlage ausschalten kann, oder?«

»Na und?«

»Ich brauche deine Hilfe. Vorgestern Nacht wurde auf dem Oude Turfmarkt ein ML aufgebrochen. Das war deine Arbeit.«

»Das musst du erst mal beweisen«, sagte der Junkie.

»Die Kollegen von der Kriminaltechnik kümmern sich gerade um den Wagen. Und du hattest bestimmt keine Handschuhe an«, sagte Willem.

»Die Kriminaltechnik? Aber das macht ihr doch sonst nicht?«, fragte der Junkie erstaunt; ihm war klar, dass dabei Beweise gefunden werden konnten, die gegen ihn sprachen.

»Diesmal schon«, sagte Willem.

Hilflos schaute sich der Junkie um. »Was habe ich denn in dem Wagen übersehen?«

»Es geht uns nicht um den Wagen«, sagte Willem. »Ich will wissen, ob du den hier kennst?«

Der Junkie schaute sich das Foto des toten Stadtstreichers, das Willem vor ihn hingelegt hatte, lange an. Dann hob er den Kopf. »Wenn ich was dazu sage, vergisst du den ML, abgemacht? Und noch ein paar andere Kleinigkeiten. Du lässt mich nachher wieder gehen?«

Willem musste nicht lange überlegen. »Darüber lässt sich reden«, sagte er.

Der Junkie nickte bedächtig. »Ich kenne ihn«, sagte er. »Er wurde ermordet.«

## 21

Die Adresse, die Michels, der Facharzt für plastische Chirurgie, Boks und Schneider gegeben hatte, gehörte zu einem kleinen, unauffälligen Haus in der Pretoriusstraat, das leer stand.

»Ja, das ist er. Ein aalglatter Typ. Dem hab ich nicht über den Weg getraut. Bin froh, dass er sich verdrückt hat«, sagte ein Nachbar.

»Wo ist er denn hin?«, fragte Boks.

Der Nachbar zuckte mit den Schultern. »Weg ist weg. Keinen blassen Schimmer, Herr Kommissar.«

»Er ist uns entwischt«, sagte Schneider später.

»Jedenfalls hat er nicht gelogen«, erwiderte Boks.

»Wer?«

»Der Chirurg.«

»Und das heißt?«, fragte Schneider.

»Das heißt, dass wir immerhin seine Telefonnummer haben. Und die hat er bestimmt nicht geändert.«

»Die hat er also doch geändert«, sagte Laurens. Er hatte in verschiedenen Computersystemen recherchiert, ob die Nummer noch genutzt wurde. »Eigentlich logisch. Weil er glaubt, dass andere ihm auf der Spur sind, ändert er Gesicht, Namen und Anschrift. Glaubst du wirklich, dass er dann seine Telefonnummer beibehält?« Er schaute Boks und Schneider, die betreten vor ihm im Labor standen, streng an.

»War doch einen Versuch wert, oder? Jeder macht mal einen Fehler«, sagte Schneider, für seine Verhältnisse ziemlich gelassen.

»Ja, also auch Eddy Finkers«, sagte Boks.

»Die Nummer wurde bis vor wenigen Wochen noch genutzt. Das Einzige, was wir noch versuchen könnten ...«, sagte Laurens und gab erneut ein paar Daten ein. »Manche Leute hängen sehr an ihrem Handy.«

»Was meint er damit?«, fragte Schneider an Boks gewandt.

»Dass manche Leute zwar die SIM-Karte austauschen, um eine neue Nummer zu bekommen, aber ihr Mobiltelefon behalten«, erklärte Boks.

»Genau«, sagte Laurens. Nach einigen Sekunden flitzten allerlei Daten und Statistiken über seinen Bildschirm. Er druckte etwas aus, das er anschließend Boks hinhielt.

»Hier hast du Finkers' Fehler«, sagte er. »Er hat eine andere Telefonnummer, aber noch immer dasselbe Handy.«

»Dieser Stümper«, sagte Boks grinsend.

Willem Jongbloed wusste nicht weiter. Der Junkie hatte den Stadtstreicher gekannt und wusste, dass er ermordet worden war. Außerdem hatte er mehr oder weniger zugegeben, dass er es war, der zum Zeitpunkt des Mordes versucht hatte, den Mercedes ML zu knacken. Der Staatsanwalt, den Willem gerade angerufen hatte, hatte versprochen, den Junkie laufen zu lassen, wenn er aussagen würde.

Willem legte die Hand auf die Türklinke zum Vernehmungszimmer. Da Boks und Schneider im Labor waren, wollte er sie nicht behelligen. Sollte er die Vernehmung allein fortführen? Seiner Meinung nach konnte das nichts schaden.

Er öffnete die Tür. »Wo wir doch gerade dabei sind … Ich habe veranlasst, dass der Staatsanwalt ein Auge zudrückt, wenn du uns bei einem viel größeren Verbrechen als Einbruch in ein Auto hilfst. Was weißt du über den Mord?«

»Ich hab jemanden gesehen, der sich in der Nähe des Stadtstreichers zu schaffen gemacht hat. Hat auf irgendetwas gewartet und sich ständig umgeschaut. Mich hat er nicht gesehen.«

»Hat er etwas gemacht?«

»Vielleicht.« Der Junkie wollte sich nicht festlegen.

»Hast du ihn gekannt?«

»Nein, es war niemand aus dem Viertel. Von denen kenne ich die meisten.«

»Ja, das glaub ich gern. Und deren Autos natürlich. Aber du würdest ihn wiedererkennen?«, fragte Willem.

»Du hast doch die Zusage vom Staatsanwalt, oder?«, vergewisserte sich der Junkie.

»Ja«, sagte der junge Beamte. »Wenn du als Zeuge zur Verfügung stehst, lassen wir dich laufen. Aber was du sagst, muss stimmen. Also keine Märchen auftischen!«

»Ich bin kein Lügner. Wenn ich was sage, mache ich es auch. Wenn ich verspreche, dass ich aussage, bleibt es dabei. Die ganze Wahrheit.«

»Wer war der Mann, den du gesehen hast? Würdest du ihn wiedererkennen?«

Die Antwort ließ kurz auf sich warten. »Ja, ich würde ihn ohne Probleme wiedererkennen«, sagte der Junkie dann. »Seine Gesichtshaut war nämlich irgendwie total gestrafft.«

Dank Laurens standen schon nach kurzer Zeit zwei Peilwagen zur Verfügung. Wenn Eddy Finkers sein Handy eingeschaltet hatte, würden sie seinen Aufenthaltsort ausfindig machen können. Es dauerte eine halbe Stunde, dann standen die Peilwagen in einer Seitenstraße in der Kinkerbuurt. Ein Kollege von der Kriminaltechnik ging mit einem Handpeilgerät die Straße entlang. »Er befindet sich im Haus Nummer dreiundzwanzig, wahrscheinlich im dritten Stock«, sagte er, als er zurückkam.

Schneider klingelte im Erdgeschoss. Ein paar Sekunden später wurde die Tür geöffnet. Ein älterer Surinamer stand auf der Treppe. »Wir müssen in den dritten Stock«, flüsterte Schneider im Vorbeigehen. Er zeigte dem Mann seinen Dienstausweis, woraufhin dieser nickte und sich in seine Wohnung zurückzog. Durch einen kleinen Spalt behielt er die Geschehnisse im Auge.

Im dritten Stock blieben Boks und Schneider im Treppenhaus stehen. Sie hatten absichtlich nicht geklingelt, damit Eddy nicht fliehen konnte.

»Wie gehen wir vor?«, flüsterte Schneider. »Klopfen wir?«

»Ob er eine Waffe hat?«, fragte Boks.

»Nein, aber er könnte gefährlich werden. Unberechenbar.« Schneider zog eine kleine Brechstange aus der Innentasche seiner Jacke.

»Woher hast du die schon wieder?«, fragte Boks erstaunt.

»*Be prepared* …«, sagte Schneider und schob die Brechstange in den Spalt zwischen Tür und Türpfosten. Mit einem Knall flog die Tür auf. Boks und Schneider rannten hinein. Ein Mann saß auf der Couch vor dem Fernseher und schaute sie mit kalten, emotionslosen blauen Augen an.

»Ich sage kein Wort«, erklärte Eddy, als er Boks und Schneider sah.

»Das werden wir noch sehen«, erwiderte Boks. Nachdem Eddy von den uniformierten Kollegen abgeführt worden war, machten sich Boks und Schneider an die Durchsuchung der Wohnung. Außer einem Handy und einem Portemonnaie mit Kleingeld war so gut wie nichts zu finden.

»Kein Ausweis?«, rief Schneider aus der Küche.

»Überhaupt nichts. Er hat natürlich alles, worauf der Name Robert van Klaveren steht, längst weggeworfen oder verbrannt.«

»Was haben wir eigentlich gegen ihn in der Hand?«, fragte Schneider.

»Genug für einen Haftbefehl. Später sehen wir weiter.« Boks warf ein Kissen zurück auf die Couch. Er hatte sich mehr versprochen.

»Zum wiederholten Mal, ich verweigere die Aussage«, sagte Eddy. »Eigentlich will ich überhaupt nicht reden.«

»Wie Sie wollen. Aber interessiert Sie denn nicht, weshalb wir Sie verhaftet haben?«, fragte Boks. Der Mann vor ihm war arrogant, andere Menschen waren ihm schnuppe, vor allem im Moment, davon war Boks überzeugt. Es würde nicht einfach werden, ihn bei einer Vernehmung in die Enge zu treiben. Solche Typen waren kaum zu einem Geständnis zu bewegen.

»Sagt Ihnen der Name Robert van Klaveren etwas?«, fragte Boks.

Eddy tat, als würde er nachdenken, und schüttelte dann langsam den Kopf. »Nein, hat der was damit zu tun?«

»Sie sollten bei Dingen, die wir beweisen können, nicht lügen. Ein Richter mag das überhaupt nicht. Weil er dann davon ausgeht, dass Sie in den restlichen Punkten auch lügen«, sagte Boks.

»Dann reden wir halt miteinander«, sagte Eddy. »Vor ewigen Zeiten wurde ich schon mal verhaftet, weil alle dachten, ich hätte im Vondelpark einem Kind etwas angetan. Ich habe mich kooperationsbereit gezeigt und jede Frage beantwortet. Mein ganzes Seelenleben habe ich Wildfremden gegenüber offengelegt. Sie haben mich beschimpft und bedroht. Ich habe trotzdem weitergeredet und alles abgestritten. Und was habe ich damit erreicht? Niemand wollte mir glauben. Ich wurde freigelassen, und wissen Sie, mit welcher Begründung?«

Seine Stimme setzte aus. Boks kamen Zweifel. Eddy wirkte aufrichtig empört.

»Wissen Sie, mit welcher Begründung? Ich sei aus Mangel an Beweisen freigelassen worden! Aus Mangel an Beweisen! Nicht: Er war es nicht, sehr verehrte Damen und Herren. Nein – wir können nicht beweisen, dass er es war.

Spüren Sie den Unterschied? Ganz subtil – und ganz niederträchtig. Ich war der Kindesmörder, nur beweisen konnte man es mir nicht.«

»Und dann?«

»Natürlich hatte ich danach keine ruhige Minute mehr. Erst stürzte sich die Presse auf mich, aber das ließ irgendwann nach. Es passierten andere Dinge auf der Welt, größere, wichtigere. Ich geriet in Vergessenheit. Nur die Eltern des Kindes ließen nicht locker. Ich wurde beschossen, bedroht, verfolgt, angefahren. Dann bin ich geflohen.«

»Sie hatten also nichts mit dem Kind zu tun, und danach wurden Sie verfolgt? Sie sind also ein unschuldiges Opfer?«

»Genau so ist es«, sagte Eddy.

»Und den echten Robert van Klaveren, den haben Sie sicherlich auch nicht ermordet?«, fragte Boks.

Auf einmal verschwanden alle Gefühlsregungen aus Eddys Gesicht. Boks sah die Augen, wie sie bereits mehrmals von Zeugen beschrieben worden waren und wie er sie selbst auf den Polizeifotos gesehen hatte. »Nein, den habe ich nicht ermordet!«

Boks zweifelte keine Sekunde mehr an Eddy Finkers' Schuld.

Boks betrachtete die Fotos, die Willem am Computer ausgewählt hatte. Es waren die Fotos zwölf einander ähnelnder Männer, von denen der Junkie einen wiedererkennen musste. Es war eine wichtige Gegenüberstellung, die vor Gericht als Beweis dienen konnte.

Willem hatte den Junkie so lange mit Fragen gelöchert, bis dieser letztendlich zu Protokoll gab, er habe gesehen, wie der Mann den Leichnam des Stadtstreichers ins Wasser geworfen habe.

»Prima gemacht, Willem«, sagte Boks.

Der junge Beamte nickte bescheiden. »Wenn er jetzt noch den Richtigen auswählt, haben wir wirklich was in der Hand.«

»Dann mal los«, sagte Boks.

Willem betrat das Vernehmungszimmer, wo ein Kollege, der den Verdächtigen Eddy Finkers nicht kannte, die Fotos entgegennahm und sie dem Junkie vorlegte. Das musste jemand anderes als Boks tun, jemand, der die Fotos unvoreingenommen präsentieren konnte, ohne den Junkie zu beeinflussen.

Als alle Fotos auf der Tischplatte lagen, deutete der Junkie ohne Zögern auf das Polizeifoto, das Eddy Finkers alias Robert van Klaveren zeigte.

Boks kniff kurz die Augen zusammen. »Wir haben ihn«, sagte er leise und gab Willem einen Klaps auf die Schulter.

Es war Abend; außer Boks hielt sich niemand mehr im Großraumbüro des Morddezernats auf. Er saß an seinem Schreibtisch. Eddy Finkers hatte jede weitere Aussage verweigert, wusste aber, dass der Mord bewiesen war.

Er hatte ein Motiv und war am Tatort gesehen worden. Boks ging davon aus, dass er letzten Endes erklären würde, entweder in einem Anfall von Geistesverwirrung oder unter dem Druck der brutalen Drohungen gehandelt zu haben, die Bram Tegel, der Vater von Max, an seine Adresse gerichtet habe. Ein Anwalt würde bestimmt etwas damit anfangen können.

Boks freute sich, dass der Fall gelöst war, auch wenn er sich noch nicht so fühlte, wie es sich gehörte.

»Herr Boks?«, sagte jemand mit sanfter Stimme. Im Flur des dritten Stockwerks standen Bernadette Winters und Bram Tegel. Erwartungsvoll schauten sie in das Großraumbüro. Boks wusste sofort, dass sie der Grund waren, warum er sich noch immer beschissen fühlte.

»Wir haben gehört, dass Eddy verhaftet wurde, weil er unter Mordverdacht steht«, sagte Bram.

»Stimmt. Morgen wird er dem Staatsanwalt vorgeführt.«

»Und?«, fragte Bernadette.

»Tut mir wahnsinnig leid. Er hat nichts gesagt. Ich hab es versucht, aber …«

Damit waren alle Hoffnungen, die sie sich in den letzten Stunden gemacht hatten, dahin. Bernadette liefen die Tränen über die Wangen. Bram versuchte unbeholfen, sie zu trösten.

Boks schaute aus dem Fenster – draußen ging das normale Leben weiter, während hier die Zeit stillstand. Das waren die Augenblicke, in denen er seine Arbeit hasste.

Ohne ein Wort verließen die beiden das Großraumbüro. Boks nahm den Locher und warf ihn fluchend gegen die Wand.

## 23

Boks fuhr nach Hause, stellte den Wagen ab und ging zu Fuß zum Snacksalon. Das Glöckchen klingelte fröhlich, als er eintrat. Mohammed hatte ein Blatt Papier in der linken Hand, während er die rechte in die Höhe hielt, als würde er eine Rede halten.

»Was machst du denn da?«, fragte Boks.

»Proben«, sagte Mohammed. »Ich möchte noch was

erreichen in meinem Leben. Ich will mehr, als immer nur Fritten backen und Waschmaschinen reparieren.«

»Also gehst du in die Politik? Du standest da, als wolltest du deinen Soldaten Mut zusprechen«, sagte Boks.

»Hahaha, wirklich witzig. Nein, ich war am Deklamieren. Das hier ...« – er tippte auf das Blatt Papier in seiner Hand – »ist ein Theaterstück. Hab ich aus dem Internet. Ein englisches Stück. Ich will Schauspieler werden.«

»Super«, sagte Boks. »Könntest du dich jetzt in die Rolle eines Snackbarbesitzers hineinversetzen und mir etwas zu essen machen? Dann werde ich beurteilen, wie gut du bist.«

Mohammed schaute ihn an. »Du hattest doch diesen Mordfall? Ich hab im Lokalfernsehen gesehen, dass der Täter gefasst ist. Meinen Glückwunsch!«

»Danke«, sagte Boks ohne große Begeisterung.

»Freust du dich nicht? Hast du etwa den Falschen?«

»Haben sie nichts gesagt über damals? Vor vielen Jahren?«, wollte Boks wissen.

»Doch. Dass der Täter irgendwann einmal im Verdacht stand, im Vondelpark ein Kind entführt zu haben, oder?«

»Das eine hat mit dem anderen zu tun, aber ich dachte mir auf einmal: Was, wenn der Mann es wirklich nicht getan hat«, sagte Boks. »Dann wäre alles für die Katz. Dann hätten sich die armen Eltern dem Falschen an die Fersen geheftet. Dann hätte Eddy vergeblich einen anderen Namen gesucht und den Stadtstreicher ermordet.«

Mohammed schaute Boks an. »Ich weiß ja nicht, was passiert ist, aber es läuft nun einmal so, wie es läuft, Boks. Es gibt kein ›Wenn‹. Was passiert ist, ist passiert. Das lässt sich nicht mehr ändern. Nie mehr. ›Wenn‹ bedeutet Bedauern, und das ist nicht gut. Es hätte nicht anders kommen können.«

Gegen vier Uhr ging Boks nach Hause, betrat die Garage und stieg in den alten Mercedes. Meistens fiel er, wenn er einen Fall gelöst hatte, endlich in einen tiefen Schlaf. Jetzt war er hellwach. Er schaltete das Autoradio ein und fand einen Sender, der ruhige Jazzmusik brachte. Während Miles Davis im Hintergrund »Kind of Blue« spielte, ging Boks in Gedanken die gesamte Vondelpark-Sache noch einmal von vorne bis hinten durch. Was war ihm entgangen?

Irgendetwas ließ Boks keine Ruhe, aber was genau, konnte er nicht sagen. Die Ermittlungen waren gründlich gewesen, auch wenn es dabei einen Fehlstart gegeben hatte – den Zeitraum, den Eddy gehabt hatte, bevor die Polizei gerufen worden war. Vielleicht war es nur eine Minute gewesen, vielleicht aber auch eine Viertelstunde. Der Park hatte viele Ausgänge, aber Eddy hätte sich auch irgendwo im Gebüsch verstecken können. Und es waren noch viel mehr Personen mit Kindern und Babys im Park gewesen. Die fallen nicht auf.

Boks war davon überzeugt, dass Bernadette und Bram nicht zum Kreis der Verdächtigen gehörten. Sonst hätten sie nicht jemandem, den der Rest der Welt schon längst wieder vergessen hat, vierzehn Jahre lang an den Fersen geklebt.

Um halb acht ging Boks hinauf.

»Guten Morgen«, sagte Micky. »Kaffee?«

»Nein danke.«

»Schon wieder nicht geschlafen? Hast du den Falschen verhaftet?« Micky schenkte ihm Kaffee ein.

»Bin ich ein dermaßen offenes Buch?«, fragte Boks.

»Wenn du nicht schläfst, siehst du immer schlecht aus. Und du schläfst nicht, wenn du an einem Fall dran bist. Du siehst jetzt schlecht aus. Eins und eins ist zwei.«

»Na ja.« Boks zuckte mit den Schultern. »Wird schon werden.«

»Geht es immer noch um das Kind im Vondelpark?«

»Ja. Übrigens wollte ich keinen Kaffee«, sagte Boks und trank einen Schluck.

»Du hast also diesen Mordfall gelöst und willst auch gleich noch die Sache im Vondelpark aufklären.«

»Da sind zwei Menschen, die nur wissen wollen, wo ihr Kind ist, damit sie sich von ihm verabschieden und es beerdigen können.«

»Wenn es nicht geht, dann geht es halt nicht. Er war es, will aber nicht darüber reden. Das musst du akzeptieren.«

»Sag das mal den Eltern. Ich verstehe das nicht. Er wird ohnehin verurteilt, weil er aus Angst, dass der Stadtstreicher ihn verraten könnte, diesen umgebracht hat. Dann könnte er doch auch gleich den Mord an dem Kind gestehen.«

»Nach vierzehn Jahren? Wahrscheinlich hat er schon längst verdrängt, dass er es war«, sagte Micky abfällig.

»Könnte gut sein. Aber es ist schon frustrierend, um es vorsichtig auszudrücken. Schmeckt gut, der Kaffee.« Boks stellte den Becher hin und machte sich auf den Weg zur Wache.

# 24

Die Routinearbeit begann wieder. Boks bearbeitete Überfälle, vermisste Touristen und eine Messerstecherei am Zeedijk. Obwohl ihm die Sache im Vondelpark noch immer zusetzte, war ihm klar, dass er sie loslassen musste.

Eddy Finkers blieb in Untersuchungshaft. Wie Boks erwartet hatte, machte er keine weitere Aussage mehr. Sein Anwalt plädierte beim Untersuchungsrichter auf Unzurechnungsfähigkeit. Sein Mandant Eddy Finkers habe infolge der ungerechtfertigten Beschuldigungen und der Hetzjagd vonseiten Bram Tegels den Verstand verloren. Möglicherweise habe er daraufhin etwas getan, er könne sich aber nicht mehr daran erinnern.

Selbst wenn Finkers nur zu Sicherungsverwahrung verurteilt werden würde, wäre Boks schon zufrieden. Seiner Strafe würde er diesmal jedenfalls nicht entgehen.

Als Boks am sechsten Abend nach Finkers' Verhaftung einen bei einer Messerstecherei verletzten englischen Touristen vernahm, wurde an die Tür des Vernehmungszimmers geklopft.

»Besuch für Sie«, sagte Willem.

»Ich komme gleich, dauert noch einen Moment«, erwiderte Boks.

»Ich glaube, das sollten Sie nicht verpassen.«

Etwas in Willems Stimme ließ Boks aufstehen und mit ihm in das Großraumbüro hinübergehen.

Mitten in dem großen Raum stand eine nervöse, etwa fünfundvierzigjährige Frau, neben sich einen Jungen von vierzehn, vielleicht fünfzehn Jahren, der sich unbehaglich umschaute.

»Sind Sie Herr Boks?«, fragte die Frau. »Sie sind für Eddy Finkers zuständig, wie man mir sagte.«

»Ja«, sagte Boks.

»Ich glaube, das hier ist Max«, sagte sie.

## 25

Tausend Fragen zugleich schossen Boks durch den Kopf. Ist das Max? Kann das sein? Ist sie verrückt? Welche Frau kommt mit ihrem Sohn auf die Wache, um auszusagen, dass er das Kind ist, das schon seit vierzehn Jahren vermisst wird?

»Willem, vielleicht könntest du ihn mitnehmen und ihm etwas zu trinken anbieten?« Boks' Stimme klang ein wenig rau.

»Mir macht es nichts aus zu bleiben. Meine Mutter und ich reden schon seit Tagen darüber«, sagte der Junge ruhig.

Er nennt sie »Mutter«, dachte Boks verwirrt.

»Wenn es dir nichts ausmacht, würde ich gern erst allein mit deiner Mutter reden …« Boks schwieg kurz. »Wie heißt du?«

»Sander. Sander Schutten.« Er schüttelte Boks fest die Hand. »Dann geh ich halt 'nen Kaffee mit ihm trinken«, sagte Sander und zog mit Willem davon.

Boks starrte die Frau an. »Ich brenne vor Neugier, warum Sie zu mir gekommen sind, Frau …?«

»Melanie Schutten.« Sie setzte sich zu ihm an den

Schreibtisch. »Ich weiß selbst nicht, warum ich erst jetzt gekommen bin.«

Boks beobachtete sie. Sie sah gepflegt und sympathisch aus. Sorgfältig, aber dezent geschminkt. Ihre Kleidung war schlicht, in dunklen Farben gehalten. Sie schaute Boks direkt ins Gesicht; es sah aus, als wollte sie sein Wesen ausloten.

»Ich trage seit vierzehn Jahren ein schreckliches Geheimnis mit mir herum. Ich glaube – genauer gesagt, ich bin mir ganz sicher –, dass er Max ist, der Junge, der im Vondelpark verschwunden ist.« Sie hatte einen leichten Akzent, wahrscheinlich stammte sie vom Land.

»Warum glauben Sie das?«, fragte Boks.

»Weil Eddy Finkers persönlich ihn mir damals gebracht hat«, sagte sie.

»Eddy Finkers?«

»Der im Moment unter Mordverdacht im Gefängnis sitzt. Er hat mir das Kind gebracht.«

»Und Sie haben das Kind behalten?« Boks war fassungslos.

Sie schaute ihn mit großen Augen an. »Ich hatte doch keine Ahnung, Herr Boks. Ich lebte in der Veluwe auf einem kleinen Bauernhof. Ich hatte dort alle Hände voll zu tun und kam nicht zum Zeitunglesen oder Fernsehen.«

»Aber es ist doch nicht normal, dass Eddy Finkers Ihnen einfach so ein Kind überlässt!«

Sie lächelte. »Er hatte eine glänzende Ausrede. Er flehte mich an, gut für das Kind zu sorgen. Er sei der Vater, aber die Mutter, eine ehemalige Freundin von ihm, misshandele das Kind. Er könne selbst nicht für den Kleinen sorgen. Was macht man dann, als Frau? Schickt man ihn wieder weg?«

Boks schüttelte den Kopf; er versuchte, diese Mitteilung zwischen all den anderen Tatsachen einzuordnen. »Wie lange nach dem Verschwinden des Jungen war das?«

»Ich vermute, ein paar Wochen.«

»Und wo war das Kind in der Zwischenzeit gewesen?«

»Keine Ahnung. Vermutlich hatte Eddy jemanden, der oder die sich ein paar Wochen um den Kleinen gekümmert hat.«

»Haben Sie nicht gewusst, dass Eddy Finkers im Verdacht stand, ihn entführt zu haben?«

»Ich hatte schon so meine Zweifel. Damals. Aber Sie kennen Eddy doch. Wenn ich zur Polizei gegangen wäre, dann ... Das hätte ihm nicht gefallen, Herr Kommissar. Da wäre ihm bestimmt etwas eingefallen.«

Boks verstand. »War mit dem Kind alles in Ordnung, als er es Ihnen brachte? War es verletzt oder missbraucht?«

»Davon verstehe ich nichts. Es sah gesund aus. Ein hübscher Knirps.«

»Haben Sie denn nicht gedacht: Warum soll *ich* für das Kind sorgen, kümmere dich doch selbst darum?«

Zum ersten Mal verbarg sich in einer Antwort mehr, als Boks je vermutet hätte. »Wer weiß, was dann mit dem Kind geschehen wäre, Herr Boks. Hatte ich denn eine Wahl?«

Boks wusste nicht, was er von all dem halten sollte. Gab es das, dass jemand ein Kind annahm, ohne zu wissen, woher es kam?

»Und warum kommen Sie jetzt, nach vierzehn Jahren?«, fragte Boks.

»Ich habe gehört, dass Eddy verhaftet wurde, weil er unter Mordverdacht steht. Oder besser gesagt: Sander hat mir erzählt, was ihm in der Schule zu Ohren gekommen ist. Sie haben sich über Eddy und das verschwundene

Kind unterhalten, das alle für tot halten. Und Sander sagte, das muss für die Mutter doch schrecklich sein, nicht zu wissen, ob ihr Kind noch lebt. Da ist etwas in mir gerissen, und ich musste furchtbar weinen. Was ich immer gefühlt hatte, das stimmte einfach, da war ich mir ganz sicher. Sander sagte, wir müssen zur Polizei gehen.«

Boks fuhr sich langsam mit der Hand durch die Haare und blickte auf seinen Schreibtisch. Er hatte das Gefühl, dass sie die Wahrheit sagte.

Er brachte Melanie Schutten zu Sander und rief Laurens an.

»Sie könnte sich das Ganze natürlich auch ausgedacht haben«, sagte Laurens. »Weißt du, wie viele Leute den Mord an Kennedy gestanden haben? Vielleicht ist der Junge ja nur fürchterlich am Pubertieren, und sie will ihn auf diese Weise elegant loswerden. Hier, da habt ihr euer Kind, viel Glück damit.«

»Auch das ist möglich. Wir müssen Sicherheit haben. Wie lange dauert es, bis wir das Ergebnis eines DNA-Tests haben?«

»Das ist natürlich ein Ausnahmefall. Wir machen zunächst einen Vergleich der Blutgruppen, das geht am schnellsten, anschließend untersuchen wir die DNA. Ein paar Stunden vielleicht«, murmelte Laurens.

Boks seufzte. »Da müssen wir durch.«

Bram und Bernadette wurden von uniformierten Beamten abgeholt und schnell zur Wache Lijnbaansgracht gebracht. Vorläufig hielt Boks alle voneinander getrennt.

»Was willst du ihnen sagen?«, hatte Schneider gefragt. »Wenn du sie nur um eine Blutprobe bittest, denken sie natürlich, dass wir sterbliche Überreste gefunden haben, und werden herausfinden wollen, ob es sich um ihr Kind handelt. Die beiden werden sich fürchterlich erschrecken.«

»Und wenn wir ihnen sagen, dass ihr Kind vielleicht noch am Leben ist, und Melanie Schutten sich dann als Tagträumerin herausstellt?«

Schneider und Boks schauten einander an. Wie sie es auch drehten – hier konnten sie nur alles falsch machen.

»Er lebt noch?«, rief Bram Tegel total verwirrt. Er stand auf und lief in der Kantine im ersten Stock wie ein eingesperrter Tiger auf und ab.

»Das habe ich nicht gesagt. Hier ist eine Frau, die behauptet, Eddy habe ihr ein Kind übergeben. Es könnte auch sein, dass sie etwas zusammenphantasiert«, sagte Boks.

Bernadette schaute ihren Mann an. »Es wäre doch möglich, oder?«, sagte sie.

»Nein, ist es nicht«, schrie Bram. »Das ist doch lächerlich!«

»Um ganz sicherzugehen, wollen wir einen Bluttest durchführen lassen«, sagte Boks.

»Natürlich«, sagte Bernadette und entblößte ihren Oberarm. »Nehmen Sie, so viel Sie brauchen.«

»Das ist doch verrückt. Das ist doch nicht möglich, das kann doch nicht wahr sein«, stammelte Bram.

Der von Boks herbeigerufene Arzt nahm beiden etwas Blut ab. Laurens nahm die Röhrchen entgegen und fuhr schnell ins Labor nach Rijswijk, wo ein Eilverfahren für einen DNA-Vergleich in Gang gesetzt wurde.

Die Situation in der Wache Lijnbaansgracht war irgendwie unwirklich. In der Kantine saßen die hypernervösen

Eltern Bram und Bernadette, während zwei Stockwerke über ihnen die Frau wartete, die behauptete, dass Eddy ihr den Sohn der beiden übergeben habe. Boks schaute abwechselnd bei allen vorbei. Das Warten schien endlos zu dauern, doch alle blieben geduldig. Sie wussten, dass es nun einmal lange dauern konnte.

Als Boks das Großraumbüro betrat, kam Sander ihm entgegen.

»Haben Sie einen Moment?«, fragte er Boks.

»Natürlich.«

Sie setzten sich ins Vernehmungszimmer. Boks sah, dass Melanie den Hals reckte, um zu sehen, was da vor sich ging.

»Wie geht es mit mir weiter, wenn sich herausstellt, dass sie nicht meine Mutter ist?«, fragte Sander.

»Kann ich dir wirklich nicht sagen«, erwiderte Boks. »Können wir uns darüber unterhalten, wenn wir wissen, ob dem so ist?«

»Gut. Ich hab mich das eben einfach gefragt.«

»Ist mit deiner Mutter alles in Ordnung?«, fragte Boks.

»Sie meinen, ob sie geistesgestört ist? Ich glaube nicht.«

»Und du hast schon mit ihr über das Ganze gesprochen?«

»Natürlich. Wenn es so ist … Sie ist immer gut zu mir gewesen, müssen Sie wissen. Aber man darf andere Menschen doch nicht in dem Glauben lassen, dass ihr Kind tot ist, oder? Das macht man einfach nicht.«

»Nein«, sagte Boks. »Das macht man nicht.«

»Ich weiß noch nicht, was ich will. Irgendwann werde ich mich zwischen ihnen entscheiden müssen.«

»Wenn sie nicht deine Mutter sein sollte, dann vielleicht schon, ja«, sagte Boks.

»Ich setz mich noch ein bisschen zu ihr. Die Sache

nimmt sie ganz schön mit«, sagte Sander und ging zu Melanie.

Endlich klingelte das Telefon auf Boks' Schreibtisch. Wie von der Tarantel gestochen rannte Boks hin und nahm ab.

»Hier Laurens. Es steht zweifelsfrei fest: Sander ist der verschwundene Max.«

## 26

»Hab ich doch gesagt«, sagte Melanie Schutten, nachdem Boks ihr das Ergebnis des DNA-Tests mitgeteilt hatte, und fing an zu weinen. Sander tröstete sie.

»Wir müssen wohl abwarten, was die Zukunft bringt«, sagte Boks. »Sie haben natürlich ein entführtes Kind bei sich behalten.«

»Das sehe ich ein – im Augenblick bin ich aber nur erleichtert. Es tut mir leid, dass es so lange gedauert hat, aber ich war immer gut zu ihm.«

Boks schaute Sander an, der sich alles unbeteiligt anzuhören schien.

»Und jetzt? Kann ich jetzt zu ihnen gehen?«, fragte er.

Boks nickte. Sander holte tief Atem, nahm all seinen Mut zusammen und ging mit Boks mit.

Die Atmosphäre beim Wiedersehen war seltsam, beklemmend und ergreifend zugleich.

»Mein Gott, ja, das ist er … das ist er …« Bernadette ging auf ihn zu und hielt ihn so lange fest, dass es schien, als wollte sie ihn nie mehr loslassen. Bram gab Sander die

Hand und umarmte ihn, dann setzte er sich auf einen Stuhl und vergrub den Kopf in den Händen.

Boks fühlte sich fehl am Platz und hielt sich so lange zurück, bis er sah, dass Bram aufstand und auf ihn zutrat. »Ich möchte gern seine ...« Brams Stimme setzte kurz aus; er suchte das richtige Wort: »... na ja, seine Mutter sprechen, geht das?«

»Ja, das würden wir gern«, pflichtete Bernadette ihm bei.

»Was möchten Sie denn mit ihr besprechen?«, fragte Boks.

»Ich möchte ihr danken. Ich weiß, das hört sich komisch an, aber immerhin hat sie ihr Schweigen gebrochen und alles erzählt.«

Boks verstand. Nachdem er sie einander vorgestellt hatte, ließ er die drei allein. Es war ein kurzes, aber emotionales Gespräch in einer Ecke des Büroraums.

»Ich hätte nur eine Bitte«, sagte Melanie. »Wenn Sie ihn zu sich nehmen, darf ich ihn dann ab und zu besuchen?«

Bernadette fing an zu weinen. »Natürlich, das ist doch selbstverständlich! Für ihn sind Sie immer noch seine Mutter.«

Nach dem Gespräch kam Melanie zu Boks und sagte: »Es ist gut so.«

Eine Stunde später trafen zwei Psychologen ein, die sich der beteiligten Personen annahmen. Vorläufig würde Sander sowohl mit Melanie als auch mit Bram und Bernadette in Kontakt bleiben, bevor die Annäherung intensiviert werden konnte.

Nachdem die entsprechenden Vereinbarungen getroffen worden waren, verabschiedeten sich alle, und Boks schlüpfte in seine Jacke.

»Was machst du jetzt? Legst du dich endlich aufs Ohr?«, rief Schneider.

»Hoffentlich klappt's.«

Aber auch in dieser Nacht machte Boks kein Auge zu.

## 27

Das Erste, was Boks am nächsten Morgen tat, war, Eddy Finkers im Untersuchungsgefängnis in der Amsterdamer Havenstraat zu besuchen. Er musste mehrere Schleusen und Sicherheitsschranken passieren, bevor er in den Gang mit den Besuchszimmern kam.

Fünf Minuten nachdem Boks eingelassen worden war, betrat Eddy Finkers den Raum.

»Verlorene Zeit, Kommissar«, erklärte er. »Ich sage kein Wort.«

»Auch gut, aber vielleicht möchten Sie gern zuhören.«

Eddy zog eine Augenbraue hoch. »Zuhören kann nichts schaden.«

»Max ist wieder da«, sagte Boks.

»Max?«

»Tun Sie nicht so unschuldig. Max aus dem Vondelpark. Der Max, den Sie zu einer Bekannten in der Veluwe gebracht haben.«

Eddy hielt den Kopf schief, als könnte er nicht glauben, was er gerade gehört hatte. »Hab ich Max einer Frau gegeben?«

»Das hat sie ausgesagt, Eddy. Max ist wieder da. Und bei einem DNA-Test hat sich herausgestellt, dass er es wirklich ist.«

Finkers schaute Boks mit großen Augen an. »Wer … Welche Frau?«

»Melanie Schutten. Sie haben ihr was vorgeschwindelt über eine Freundin und das Kind damals bei ihr gelassen. Sie hat alles erzählt.«

»Sie wollen mich wohl verarschen?«

»Aus welchem Grund?«

»Ich kenne keine Melanie Schutten. Warum sollte ich ihr ein Kind geben?«, fragte Eddy.

»Vielleicht, weil Ihnen der Boden unter den Füßen zu heiß wurde?«, erwiderte Boks.

»Dann hätte ich zugesehen, dass das Kind nie gefunden wird. Dann hätte ich es doch nicht einer möglichen Zeugin überlassen!«

»Die Zeugin hatte Angst vor Ihnen und hätte nie den Mund aufgemacht«, sagte Boks.

Eddy schüttelte nur den Kopf.

»Sie vergeben sich doch nichts, wenn Sie ein Geständnis ablegen. Die Strafe wird dadurch nicht höher ausfallen«, erklärte Boks.

Ratlos schaute sich Finkers um. »Ich wollte zwar kein Wort sagen, aber eins muss ich loswerden: Ich kenne niemanden in der Veluwe. Ich habe das Kind nicht mitgenommen. Das ist absoluter Blödsinn.«

Boks spürte, wie das Adrenalin durch seinen Körper schoss. In einem hatte Eddy recht: Warum hätte er das Kind einer möglichen Zeugin überlassen sollen? Ein gerissener Krimineller wie er würde keine unnötigen Zeugen kreieren.

»Und wenn er die Wahrheit spricht?«, fragte Schneider.

»Mensch, wenn das wirklich so wäre …«, sagte Boks, »dann würde das bedeuten …«

»Dass sie das Kind im Vondelpark selbst entführt hat«, beendete Schneider den Satz.

Boks nahm die Akte zur Hand. »Könntest du versuchen, ein Foto von Melanie Schutten aufzutreiben? Am besten ein altes. Ich will wissen, wie sie aussah, als Max entführt wurde.«

Boks stellte eine lange Liste mit Namen zusammen, die er den Zeugenaussagen entnahm. Damals waren alle Zeugen gefragt worden, ob sie im Park oder in der Nähe Leute mit Kindern gesehen hätten. Und es waren entsprechende Personenbeschreibungen angefertigt worden. Boks hängte die Liste an die Wand.

Eine halbe Stunde später kehrte Schneider vom Rathaus zurück. Er hatte ein Foto aus dem Archiv des Einwohnermeldeamtes in der Hand.

»Ich habe Neuigkeiten«, sagte Schneider.

»Was denn?«

»Melanie Schutten lebte vor vierzehn Jahren überhaupt nicht in der Veluwe. Sondern in Amsterdam, hinter dem Overtoom. Und so sah sie aus.« Feierlich legte er ein Passfoto auf den Tisch.

Boks sah eine junge Frau, Mitte zwanzig, mit Brille, die auffällig lange, volle schwarze Haare hatte.

Es war die Frau, die, wie einer der Zeugen es beschrieben hatte, mit einem Kinderwagen den Vondelpark verlassen hatte, und zwar etwa zu dem Zeitpunkt, als Max verschwunden war.

»Sind damals keine Ermittlungen in diese Richtung angestellt worden?«, fragte Schneider.

»Doch, die Kollegen haben auch diese Spur verfolgt. Sie

sind jedem Hinweis nachgegangen, aber Eddy war zu dem Zeitpunkt ja bereits verhaftet. Und weißt du, wie viele Leute mit Kindern an jenem Tag unterwegs waren?« Boks deutete auf eine Liste im Anhang, in der alle Beteiligten aufgezählt wurden. Es waren mindestens sechzig Personen. Die Frau mit dem schwarzen Haarschopf, die sie nun als Melanie Schutten identifiziert hatten, die damals aber nicht ermittelt werden konnte, war eine davon.

Boks legte das Foto der vierzehn Jahre jüngeren Melanie auf den Tisch. »Sie haben in Amsterdam gewohnt.«

»Stimmt«, sagte sie leise.

»Sie waren im Vondelpark. Wir haben Zeugen, die Sie erkannt haben.«

»Das dürfte ebenfalls stimmen, glaube ich.« Melanie wandte den Blick nicht von ihren Füßen.

»Sie hatten einen Kinderwagen dabei.«

Sie nickte. »Einen leeren«, sagte sie leise. »Das hab ich öfter gemacht. Dann ging ich spazieren, wollte spüren, wie es ist, wollte wie all die anderen Leute im Park ein Kind dabeihaben. Und da lag auf einmal diese Frau. Sie schlief! Neben ihr lag ein Kind, das mit einer Decke spielte. Ich meine, wie kann man denn schlafen, wenn dem eigenen Kind etwas zustoßen kann? Also hab ich ihm ein sicheres Zuhause gegeben. Er war ein süßer Fratz. Ich hab ihn mitgenommen, er hat nicht einmal geheult. Er wollte es selbst auch. Ein Kind spürt, bei wem es sicher ist.« Zum ersten Mal klang ein Anflug von Wahnsinn in ihren Worten an.

»Aber es war doch nicht Ihr Kind!«

»Ich hab ihm nichts Böses getan. Was, wenn der Junge ins Wasser gefallen wäre? Das haben Ihre Kollegen doch auch geglaubt – dass der Kleine ertrunken ist!«

»Hat sich denn niemand gewundert, dass Sie auf einmal ein Kind hatten?«, wollte Boks wissen.

»Ich habe niemanden. Ich kenne niemanden. Deshalb wollte ich ein Kind – um auch jemanden zu haben. Danach bin ich in die Veluwe umgezogen.«

»Haben Sie Eddy Finkers überhaupt gekannt?«

»Nein. Aber das war doch egal, der saß doch schon im Gefängnis. Alle haben ihn für den Täter gehalten. Niemand würde ihm glauben.« Sie lächelte ihn an.

Boks schwieg. »Sie verstehen hoffentlich, dass Sie hierbleiben müssen«, sagte er schließlich.

»Muss ich ins Gefängnis?«, fragte sie.

»Das weiß ich nicht«, sagte Boks. »Aber Sie werden wohl eine ganze Zeit lang mit einem Psychiater reden müssen.«

Sie nickte. »In Ordnung. Das möchte ich auch.« Sie schien sich in ihr Schicksal ergeben zu haben. »Ich hab die Eltern gesehen. Sie werden jetzt bestimmt gut auf ihn aufpassen, glauben Sie nicht auch?«

## 28

Sander alias Max durfte mit Bernadette und Max mitgehen, nachdem sie sich ausgiebig mit einem Psychologen unterhalten hatten.

Zum Abschied bedankte sich Sander bei Boks. »Ich habe immer das Gefühl gehabt, dass da noch mehr war. Dass mein Verhältnis zu …«, er zögerte, »meiner Mutter, wollte ich sagen … zu Melanie nicht das gleiche war wie das, was ich bei anderen beobachtet habe. Bei anderen Müttern und Kindern. Bei uns war immer mehr. Irgendwie schwelte da etwas in ihr.«

»Sie hat natürlich die ganze Zeit ein schweres Geheimnis mit sich herumgetragen«, sagte Boks.

Sander schaute durch das Fenster hinaus. »Sie hätte nichts zu sagen brauchen«, sagte er leise. »Wenn sie nichts gesagt hätte, wäre alles beim Alten geblieben.«

Dieser Gedanke ließ auch Boks schon seit Stunden nicht los. Warum hatte Melanie sich gemeldet? Wahrscheinlich hätte nie jemand den wahren Hergang herausgefunden. »Hat sie dir gegenüber etwas angedeutet?«, fragte er Sander.

Der schüttelte den Kopf. »Aber sie ist immer gut zu mir gewesen«, sagte er. »Das dürfen Sie nicht vergessen.«

»Tut mir leid, dass alles so gelaufen ist«, sagte Boks.

»Sie hat es auch für mich getan, glaube ich. Damit ich nicht Eddy Finkers in die Hände falle. Zu meiner eigenen Sicherheit also.«

Boks wurde bewusst, dass Sander noch immer glaubte, Eddy hätte ihn bei Melanie abgegeben. Er beschloss, es dabei zu belassen. Sander würde in seinem Leben noch genug schwierige Fragen beantworten müssen.

Als alle die Wache verlassen hatten, schaute Schneider bei Boks vorbei. Er trug seinen protzigen Ledermantel. »Kommst du mit?«

»Was tust du denn noch hier?«, fragte Boks und griff nach seiner Jacke.

»Hatte noch keine Lust zu gehen«, erwiderte Schneider. »Hat mir viel zu viel Spaß gemacht.«

»›Spaß‹ ist vielleicht nicht gerade das richtige Wort.«

»Nein, da hast du recht. ›Spaß‹ ist zu viel gesagt. Aber

es war mal was anderes«, sagte Schneider. »Das ist es – es waren unvergleichliche Ermittlungen. Jedenfalls sitzt der Schurke in Haft, das Kind ist wieder da, und der Fall wäre gelöst.«

Boks ging hinter ihm die Treppe hinunter. »Mohammed hat mir verboten, ›wenn‹ zu sagen.«

»Wieso denn das?«, wollte Schneider wissen.

»Wenn die Mutter nicht eingeschlafen wäre, wenn Eddy Finkers nicht zufällig zu diesem Zeitpunkt an diesem Ort gewesen wäre und wenn Melanie Schutten nicht gerade dann vorbeigekommen wäre, dann hätte es auch keinen toten Stadtstreicher gegeben. Ein Mann, der nur seine Ruhe wollte, ist jetzt tot.«

»Meine Mutter würde sagen: Wenn das Wörtchen ›wenn‹ nicht wär, wär mein Vater Millionär«, schloss Schneider.

Sie gingen durch den Eingangsbereich und verließen die Wache. Es war eine wunderbare, milde Nacht; der Vollmond strahlte über dem Leidseplein. Gemeinsam strebten sie dem Gedränge und den fröhlichen Menschen entgegen.

»Sie hätte es nicht tun müssen, das ist dir doch klar? Sie hätte mit Sander als ihrem Kind alt werden können«, sagte Boks.

»Meinst du?«, fragte Schneider.

»Nein«, erwiderte Boks. »Er hat es gewusst. Er hat es gespürt. Er hat genau gespürt, dass etwas zwischen Mutter und Sohn nicht da war.«

»Weißt du, warum sie diesen Schritt getan hat?«, fragte Schneider. »Weil sie dann zwar vielleicht keine Mutter mehr ist, aber eine barmherzige Heldin werden kann. Zumindest für ihn, in seinen Augen.«

»Klingt überzeugend. Er ist jetzt ohnehin in einem Alter,

in dem sich ein Junge von seiner Mutter löst. Er ist in der Pubertät, will auf eigenen Beinen stehen – und so kann sie ihn für immer behalten.«

»Zum Glück hat sie sich da verrechnet«, sagte Schneider.

»Das Glück hat es nicht mit jedem gut gemeint – immerhin haben wir einen Toten«, sagte Boks.

Schneider nickte bedächtig. »Das Bittere an der Sache ist, dass Eddy den Stadtstreicher ganz unnötig ermordet hat.«

»Wenn man ihm nur geglaubt hätte. Dann hätte Bram ihm nicht das Leben zur Hölle gemacht und er keinen falschen Namen gebraucht«, sagte Boks.

»Übrigens absurd, den armen Kerl zu ermorden«, sagte Schneider.

»Absolut. Aber täusch dich nicht, Eddy Finkers ist unberechenbar. Als er merkte, dass Bram herausgefunden hatte, dass er sein Gesicht hatte ummodeln lassen, wollte er keine Zeugen.« Boks schaute auf die Armbanduhr.

»Was ist los?«

»Es ist zu spät, sonst hätte ich noch schnell den Vater von Robert van Klaveren besucht, hier nebenan, im Bernardusstift, und ihm erzählt, dass der Mord an seinem Sohn aufgeklärt ist.«

»Interessiert ihn das denn?«, fragte Schneider.

»Ich glaube schon, dass er es wissen will. Schließlich ist und bleibt der Tote sein Sohn«, sagte Boks.

»Du hast recht. Aber morgen Vormittag reicht auch noch. Dann könnten wir auch gleich Willem etwas Gutes tun«, sagte Schneider. »Er hat prima Arbeit geleistet.«

»Woran hast du gedacht?«, fragte Boks.

»Ich spendiere ihm ein Wurstbrötchen, in Ordnung?

Gute Nacht.« Schneider winkte und verschwand in der Menge.

Boks schaute ihm kurz nach, dann fuhr er nach Hause und parkte den Mercedes in der Garage. In seiner Wohnung schob er eine Pizza in den Mikrowellenofen. Doch noch bevor sie fertig war, war Boks am Küchentisch endlich eingeschlafen.

## Simon de Waal

### *Keine Leiche in Amsterdam*

*Ein Fall für Martin Boks. Aus dem Niederländischen von Thomas Hauth. 208 Seiten Piper Taschenbuch*

Blutspuren überall, an den Wänden, auf dem Boden, auf den Laken. In Zimmer 134 im Amsterdamer International Hotel hat sich Schreckliches ereignet. Doch weit und breit keine Leiche! Was ist hier geschehen, wer war der Täter und – vor allem – wo ist das Opfer? Denn von einer zu dem Blut gehörenden Person fehlt jede Spur. Der unkonventionelle Kommissar Martin Boks muss in einem Fall ermitteln, bei dessen Aufklärung ihm der Tod im Nacken sitzt.

»De Waal hat alles, was ein niederländischer Topautor braucht.«
Metro

05/2508/01/L

## Arne Dahl

### *Totenmesse*

*Kriminalroman. Aus dem Schwedischen von Wolfgang Butt. 416 Seiten. Piper Taschenbuch*

Ein brutaler Banküberfall samt Geiselnahme in Stockholms Nobelviertel Östermalm eröffnet für die Sonderermittler um Kerstin Holm und Paul Hjelm die gnadenlose Jagd nach einer geheimen Formel, für die viele Leute über Leichen gehen würden. Der raffiniert verschachtelte Fall, der die geballte Kompetenz des Stockholmer A-Teams erfordert, führt bis nach Wolgograd und zurück in die Zeit des Kalten Krieges.

»Arne Dahl hat einen wunderbaren Rhythmus drauf, eine geradezu musikalische Fähigkeit, das Tempo zu drosseln oder zu verschärfen und so einen Spannungsbogen zu halten, wie es vielleicht noch Grisham schafft.«
Stern

05/2489/01/R

## Marina Heib

### *Tödliches Ritual*

*Thriller. 304 Seiten.*
*Piper Taschenbuch*

Der Mörder schlägt an keltischen Festtagen zu, akribisch zelebriert er seine Rituale, und immer sind es grausam zugerichtete Frauenleichen, die man findet. Bei dieser mysteriösen Mordserie tappen selbst die Sonderermittler um Christian Beyer im Dunkeln. Erst die Intuition der Psychologin Anna Maybach führt sie auf eine heiße Spur …

»Das Blut kann einem schon in den Adern gefrieren … Für hartgesottene Krimifans.«
Hamburger Morgenpost

05/2496/02/L

## Gisa Pauly

### *Flammen im Sand*

*Ein Sylt-Krimi. 320 Seiten.*
*Piper Taschenbuch*

Als bei Bauarbeiten auf Sylt ein Skelett gefunden wird, tappt Hauptkommissar Erik Wolf im Dunkeln: Wer ist die Tote, die vor fünf Jahren ermordet wurde? Seine umtriebige italienische Schwiegermutter hat schnell einen Verdacht, wer das Mordopfer sein könnte, doch gründet ihre Vermutung weniger auf Beweisen, sondern mehr auf ihrer Intuition. Dann, einen Tag vor dem traditionellen Biikebrennen, verschwindet erneut eine Frau. Mamma Carlotta ist entsetzt, denn sie kennt die Vermisste gut. Während des großen Volksfestes macht sie dann einen schrecklichen Fund …

05/2490/01/R